Als die Venus baden ging
Gudrun Leyendecker

Inhaltsangabe:
Am Schloss des historischen Städtchens Sankt
Augustine gehen merkwürdige Dinge vor. Eine
wertvolle Skulptur des berühmten Künstlers Moro
Rossini verschwindet auf mysteriöse Weise. Im
Schlosspark entdeckt die Journalistin Abigail Mühlberg
eine geheimnisvolle Frau, die nachts in einem Brunnen
badet. Außer um die Klärung der seltsamen Vorfälle
bemüht sich die junge Frau auch um die Partnerschaft
ihrer Freunde, denn ein großes Missverständnis muss
gelöst werden.

Lektorat: Friederike Ramin

Biografische Information der deutschen Nationalbibliothek:
Die Deutsche Nationalbibliothek verzeichnet diese
Publikation in der Deutschen Nationalbibliografie; detaillierte
biografische Daten sind im Internet über http://dnb.dnb.de
abrufbar.
Herstellung und Verlag: BoD – Books on Demand, Norderstedt.
ISBN: 9 783 753 460 659

Als die Venus baden ging

Gudrun Leyendecker

Liebe und mehr

Band 17

Roman

„Henry will keinen Hund", beschwerte sich meine Freundin Greta, während sie ein welkes Blatt von der Rose entfernte. Eingehend betrachtete sich den blühenden Rosenbusch, der nach alter Tradition den Eingang des Rosenturms zu bewachen schien.

„Ach, lass das doch jetzt!" bat ich sie. „Wir müssen erst einmal rasch nach oben gehen und schauen, ob alles in Ordnung ist. Um die Blumen können wir uns nachher noch kümmern. Was war jetzt mit dem Hund?"

„Henry will keinen Hund für seine Kinder." Sie schloss die Turmtür auf und stieg die Treppen hoch. „Dabei habe ich ihm doch erklärt, wie wichtig ein Hund für ein Kind sein kann."

Ich folgte ihr hinauf. „Wie hast du es denn angestellt? Wer hat ihn nach dem Hund gefragt? Die Kinder oder du?"

Als wir im Ausstellungsraum des Turmes angekommen waren, zog ich die Liste aus meiner Handtasche und begann mich umzusehen. „Lass uns erst mal rasch kontrollieren, ob alles noch an seinem rechten Platz ist. Diese Frau Kübler ist doch recht glaubwürdig, und wenn sie gesagt hat, dass in der vergangenen Nacht hier ein Licht war, dann kann man es ja auch glauben."

„Wahrscheinlich hat sie noch fantasiert, möglicherweise war es auch der Mond, der vorbeigewandert ist. Am Turm sind doch außen überall Alarmanlagen angebracht. Ganz besonders am Eingang. Seit dem Diebstahl im Schloss ist man so vorsichtig geworden, da kommt doch nichts mehr weg."

Ich hob die Augenbrauen. „Du vergisst die alten Geheimtüren in dem leeren Anbau. Das ist bestimmt irgendwo durchgesickert, und sie sind vermutlich nicht mehr ganz so geheim, wie man es sich wünschen könnte."

Sie nahm mir die Liste aus der Hand und legte sie auf den Tisch. „Diese alten Klamotten hier! Wer fragt denn schon danach? Ob hier eine Nippesfigur mehr oder weniger steht, das fällt doch nun wirklich nicht auf."

„Also schön!" gab ich nach. „Dann höre ich dir jetzt erst einmal zu. Vorher gibst du ja doch keine Ruhe. Aber du musst auch zugeben, dass sich hier nicht nur Nippes befindet. Ein paar wertvolle Stücke sind auch darunter, besonders einige Skulpturen von Rossini. Und die sind zum Beispiel sehr viel wert."

Greta sah mich groß an und lachte. „Ja, und das sogar, obwohl der Bildhauer noch lebt. Was für einen Künstler schon etwas Besonderes ist. Aber ich bin einfach wahnsinnig enttäuscht von Henry.

Ich habe tatsächlich gedacht, dass ich jetzt an die große Liebe geraten bin. Immerhin ist er ein Witwer mit zwei schulpflichtigen Kindern, dass ist zwar eine schöne, aber auch eine schwere Aufgabe. Warum ist er nur so stur?"

„Vielleicht mag er keine Hunde?"

„Er hat selbst früher einen Hund gehabt", trumpfte sie auf. „Und das gönnt er jetzt seinen eigenen Kindern nicht einmal."

„Ist vielleicht jemand in der Familie allergisch gegen Hundehaare?"

Sie schüttelte energisch den Kopf, ihre roten Locken schimmerten wie rötliches Gold. „Nein, nicht einmal die Haushälterin, diese reizende Frau Bühler."

„Welchen Grund hat er dir denn genannt?" fragte ich sie direkt.

„Überhaupt keinen, das ist es ja. Auf die Frage nach einem Hund, hat er einfach gesagt: „Das geht nicht. Ich werde später mit dir einmal darüber sprechen." Aber ich bin doch nicht eines seiner Kinder, so kann er doch mit mir nicht umgehen. Entweder ist er doch zu viele Jahre allein gewesen, oder er trauert seiner Ehefrau immer noch nach. Ich fürchte, ich werde mich wieder etwas zurückziehen müssen. Gut, dass ich im Blumenviertel noch mein kleines Holzhäuschen habe."

„Greta!" rief ich entsetzt aus. „Aber du warst doch noch vor drei Tagen so wahnsinnig verliebt in ihn. Und alles, was ich gesehen habe, ist, dass er dich bisher auch auf Händen getragen und verwöhnt hat, wie ein total verliebter Mann. Was hat sich denn seitdem verändert? Ist sonst noch irgendetwas geschehen?"

„Nein absolut nicht. Aber warum versteht er mich denn nicht? Ich liebe seine Kinder doch wirklich, obwohl ich sie noch gar nicht so lange kenne. Und als Therapeutin weiß ich, wie gut Tiere für Kinder sind. Wenn er mir da schon nicht glauben will, dann könnte er mir wenigstens erzählen, warum er so strikt dagegen ist."

„War er denn in Eile? Vielleicht kommt er von selber später noch einmal darauf zurück", vermutete ich.

„Nein, das kann ich mir nicht vorstellen. Er war so kurz angebunden, so, als gäbe es da ein Geheimnis, das er mir partout nicht verraten will."

Ich atmete tief. „Dann lässt du ihn vielleicht eine kleine Weile in Ruhe, und wartest erst einmal, ob er nicht doch noch davon anfängt. Vielleicht gibt es in den nächsten Tagen eine günstigere Stunde, in der er bereit ist, mit dir darüber zu reden. Oder liebst du ihn jetzt nicht mehr?"

„Natürlich liebe ich ihn. Deswegen bin ich auch so sauer und verletzt. Sonst würde es mir doch gar nichts ausmachen. Möglicherweise habe ich auch schon zu viele schlechte Erfahrungen gemacht und bin deswegen nicht bereit, schon wieder einmal enttäuscht zu werden. Also gut, lassen wir dieses Thema erst einmal. Dann gehen wir eben die Liste durch. Nach welchen Wertgegenständen sollen wir schauen?"

Ich sah auf den Zettel. „Da ist zuerst einmal das Bild von Rossinis Interpretation der Welt. Es muss ja irgendwo hängen. Moro hat sie sehr bunt gemalt, so bunt wie er sie empfindet, aber auch mit einigen schwarzen Flecken, für die er ja im menschlichen Leben ein besonderes Auge hat."

Wir sahen uns um und entdeckten das moderner Gemälde an der Wand neben dem alten Klavier.

„Da hängt es doch! Ich würde es auch nicht stehlen", bemerkte Greta. „Ich kann mich einfach in die modernen Bilder nicht hineinversetzen. Ich habe nicht so viel Fantasie wie du."

„Ach, das ist es nicht. So viel Fantasie braucht man dazu nicht. Du musst das Gemälde einfach nur auf dich wirken lassen. Wenn ich es betrachte, ruft es Emotionen in mir hervor."

Greta lachte mich aus. „Du kannst froh sein, dass du jetzt mit Ermanno verheiratet bist. Da bist du bestimmt im siebten Himmel und wahnsinnig begeistert. Ich wette, wenn dieser Rossini nicht schon so furchtbar alt und auch glücklich verheiratet wäre, könntest du dich auch noch in ihn verlieben. Er benutzt zwar ansprechende Farben, aber mir ist er viel zu abstrakt. Denk nur einmal an die Badende Venus. Diese Skulptur von ihm ist doch auch ziemlich modern, ganz anders als das Bild von Jacques Antoine Vallin. Der hat doch wirklich ein fantastisches Gemälde gezaubert. Das war ein echter Künstler!"

„Wenn du jetzt glaubst, ich hätte von ihm noch nie etwas gehört, dann irrst du dich", sagte ich mit einem triumphierenden Lächeln. „Als ich in Frankreich war und dort ein bisschen recherchiert habe, um nach einem unehelichen Nachkommen von August dem Starken von Sachsen zu suchen, da ist mir der Name begegnet. Du wirst es nicht glauben, der Maler Vallin und der Kurfürst von Sachsen sind im gleichen Jahr geboren, nämlich beide 1760. Und gestorben ist August der Starke im Jahr 1831, der Künstler Vallin 1833. Das habe ich mir natürlich gemerkt."

„Steht die Badende Venus von Rossini auch auf der Liste?" erkundigte sich Greta.

Ich betrachtete den Zettel und ging die einzelnen Positionen durch. „Ja, hier stehen sieben sehr wertvolle Teile. Die drei großen Bilder hier an der Wand und vier kleinere Skulpturen, darunter auch Rossinis Badende Venus. Sie muss doch bestimmt hier irgendwo sein."

Wir sahen uns gemeinsam um, hakten die Bilder und die übrigen Skulpturen auf der Liste ab, die wir entdeckten, hatten aber keinen Erfolg bei der Suche nach der schönen nackten Frau, erschaffen aus einer speziellen Tonmischung, die der Künstler gern für seine Figuren verwendete.

Greta sah mich verwundert an. „Das kann ich jetzt gar nicht verstehen. Wer soll denn so etwas stehlen? Die anderen Sachen sind viel interessanter und alle noch da. Vermutlich haben sich die beiden Rossinis einfach geirrt und die Skulptur steht irgendwo anders."

„Lass uns hier erst noch mal alles durchsuchen", schlug ich ihr vor. „Und wenn wir nichts finden, rufe ich Adelaide Rossini an, sie weiß ganz gut, wo genau ihr Mann seine Werke ausgestellt hat."

Erneut schauten wir uns im Raum mit Sorgfalt um, untersuchten danach auch noch die angrenzenden Zimmer, und als die Badende Venus immer noch nicht aufgetaucht war, rief ich Adelaide Rossini an.

Die Schlossherrin meldete sich sofort. „Habt ihr etwas erreicht?" erkundigte sie sich. „Ist alles in Ordnung?"

„Da sind wir nicht sicher, liebe Ada. Wir können die Badende Venus nicht entdecken, obwohl wir auch die anliegenden Räume gründlich untersucht haben. Kann es vielleicht doch möglich sein, dass Moro diese Skulptur an einem anderen Platz aufbewahrt? Oder ist sie momentan als Leihgabe in einem fremden Museum?"

„Nein, Abigail! Wir sind uns ganz sicher, dass sie im Rosenturm sein muss. Als die Veranstaltung „Das große Spiel" zu Ende ging, bei dem es auch eine Aufgabe im Turm zu lösen gab, haben wir gemeinsam mit dem Kommissar, mit Niklas dort eine Bestandsaufnahme gemacht. Die Badende Venus stand auf dem Klavier, auf einer runden weißen Spitzendecke."

Ich sah zu dem alten Instrument hin. „Es tut mir leid, Adelaide! Da ist nichts. Nicht einmal die Spitzendecke. Wir haben gemeinsam mit Argusaugen auch überall in die Regale und Schränke hineingeschaut, aber die schöne Skulptur ist einfach nicht da."

Die Schlossherrin seufzte. „Ach, du liebe Zeit. Diese Figur lieben wir beide, Moro und ich. Und Lauras begüterte Tante, Frau Ackermann wollte sie für 200.000 Euro kaufen, auch sie hat sich in diese wunderschöne Göttin verliebt. Der Bürgermeister von Wittentine hatte ebenfalls Interesse, er möchte sie gerne in den Stadtteil Bad Witten ins Kurhaus stellen und der französische Millionär Monsieur Hugo Petit hat Moro eine unerhörte Summe in schwindender Höhe dafür angeboten."

„Und das sind sicherlich nicht die Einzigen, die Interesse daran haben", vermutete ich.

Sie atmete tief. „Mein armer Moro! Wie bringe ich ihm das jetzt bei? Natürlich, Abigail, sehr viele Menschen mögen diese Figur. Sie hat etwas ganz Besonderes. Diese fließenden, weichen und runden Formen. Tatsächlich könnte man denken, dass sie lebt. Oft habe ich sie lange betrachtet und hatte das Gefühl, dass sie schläft und jeden Augenblick aufwachen kann."

„Deswegen habe ich sie auch in den Kunstkatalog mit aufgenommen, den ich im Auftrag meines Chefs, Herrn Wieland angefertigt habe. Der geht im Übrigen momentan weg wie nichts. Allein die Studenten im Seitentrakt des Schlosses haben etliche Exemplare bei mir in den letzten Tagen erworben."

„Ja, ich weiß. Da gab es jetzt zu Beginn des neuen Semesters einen Wechsel bei den Studenten. Wir haben jetzt zwei reizende Franzosen und eine entzückende Amerikanerin neu dabei. Ich hatte sie für heute Nachmittag zu einem Tee eingeladen. Wenn du magst, kannst du auch dazu kommen. Der eine Franzose ist Pianist, der andere Maler und die Kunststudentin aus Amerika ist Bildhauerin. Allerdings bin ich nicht sicher, ob ich stattdessen heute nicht Moro trösten muss, wenn ich ihn gleich vom Verlust der Badenden Venus erzähle."

„Es tut mir wirklich sehr leid", sagte ich voller Mitgefühl. „Soll ich die Polizei benachrichtigen?"

„Danke, liebe Abigail! Das wird Moro lieber selbst machen wollen. Er muss sich dann auch noch mit der Versicherung auseinandersetzen. Da hat er bestimmt jetzt eine Menge zu tun, und er wird dann weniger Zeit zum Trauern haben. Denn ich fürchte wirklich, dass jemand die Skulptur mit voller Absicht gestohlen hat."

„Und es könnte nicht möglich sein, dass eine Putzfrau die Figur aus Versehen fallen ließ?" überlegte ich.

„Seit dem großen Event war die Putzfrau noch nicht wieder im Turm", wusste Ada. „Sie ist erst wieder für morgen bestellt. Nun müssen wir natürlich noch einmal die Nachbarin näher befragen lassen, die diesen Lichtschein im Turm gesehen hat. Möglicherweise kann sie uns dann doch noch irgendeinen Hinweis auf den Dieb geben."

„Die Haustür war ganz regulär verschlossen", teilte ich ihr mit. „Dann muss ein Einbrecher durch eine der geheimen Seitentüren vom Nebengebäude hereingekommen sein. Dort ist bisher auch noch keine Kameraüberwachung installiert. Da sehen wir, dass es nun höchste Zeit ist, dabei etwas zu ändern, bevor noch mehr entwendet wird."

Adelaides Stimme klang aufgeregt. „Es ist alles sehr schlimm! Ja, das werde ich auch gleich mit Niklas und dem Bürgermeister besprechen."

„Natürlich, das ist wichtig. Wenn es sich nun herausstellt, dass die Badende Venus wirklich gestohlen wurde, wen würdest du denn da am ehesten verdächtigen? Oder kannst du dazu noch gar nichts sagen, liebe Ada?"

„Nein, wirklich nicht. Aber unser guter Kommissar Niklas Meyer hat mir noch gestern von seinem letzten Fall vorgeschwärmt, bei dem du ihm als verdeckte Ermittlerin so fabelhaft geholfen hast. Könntest du vielleicht mir zuliebe ein bisschen recherchieren?"

„Oh ja, dir zu Liebe natürlich! Allerdings überlasse ich die Spurensuche an den Geheimtüren und dem Nebengebäude unserem tüchtigen Kommissar mit seiner KTU. Die haben wirklich bessere Möglichkeiten wegen der Fingerabdrücke, DNA und anderen Spuren. Ich werde mich auf die Personen konzentrieren, die ein Interesse an der Badenden Venus haben oder hatten", schlug ich vor.

„Ich werde das mit Moro noch einmal gut durchsprechen, vielleicht kann er dir dann schon einige Namen nennen. Bis später, Abigail! Und erst einmal herzlichen Dank für eure Mühe!"

„Ich wünschte, ich hätte dir eine bessere Nachricht geben können. Ich werde alles versuchen, um Licht in das Dunkel zu bringen", versuchte ich sie zu trösten und verabschiedete mich von ihr.

***

Nachdem Greta und ich den Rosenturm verlassen hatten, kümmerten wir uns um den alten Rosenstock, der neben dem Eingang an die Legende von Melusine und Ottokar erinnerte.

Meine Freundin betrachtete eine der Blüten nachdenklich. „Das ist eine schöne Geschichte, wenn man bedenkt, dass sich hier im Mittelalter das Ritterfräulein und ihr Liebster wiedergetroffen haben, nach so langer Zeit der Trennung, genauso wie im Schloss der gute alte Rossini und seine Adelaide!"

Ich nickte und sog den Duft einer Blüte ein.

„Leider ist bis heute nicht bekannt, wie viel davon Legende und wie viel davon wahre Geschichte ist. Immerhin, bei Moro und Ada ist alles echt."

Ihre Mundwinkel fielen herab. „Und ich komme immer noch nicht weiter mit meiner

Ahnengalerie. Bei mir gibt es auch immer noch keinen Beweis, ob ich mit Melusine verwandt bin. Das findet die kleine Saskia so spannend. Sie möchte unbedingt, dass Henry mich heiratet, weil sie allen ihren Freundinnen gern sagen möchte, dass ihre neue Mutter eine bekannte historische Persönlichkeit ist."

„Wer weiß, Greta?! Möglicherweise können wir das doch noch eines Tages herausfinden. Oft kommt einem auch der Zufall zu Hilfe. Die Kinder bedeuten dir sehr viel nicht wahr?"

„Ich weiß nicht, wie es ist, eigene Kinder zu haben, aber ich kann mir auch nicht vorstellen, dass ich sie lieber hätte als jetzt Saskia und Konstantin, und das bestimmt nicht nur, weil sie Henrys Kinder sind. Wir passen einfach zueinander, wie ein Geschenk."

„Auch ohne Hund", stichelte ich.

Sie warf mir einen grollenden Blick zu und brummte. „Das ist ein anderes Thema. Aber du hast Recht, ich werde Geduld haben und warten, bis er von selbst etwas erzählt. Wenn es aber irgendetwas mit seiner verstorben Frau zu tun hat, dann wird mich das bedenklich stimmen. Es ist doch schon so viele Jahre her, dass sie gestorben ist. Dann wäre das für mich ein Zeichen, dass in seinem Herzen noch kein Platz für eine neue Frau ist."

„Vielleicht ist es irgendein Trauma, dass er nicht überwunden hat. Es muss nicht unbedingt mit Eva zu tun haben. Vielleicht ist er einmal von einem Hund angefallen worden. Das kann einem auch ganz schön Ängste verursachen."

„Ja ja, es ist ja schon gut. Auch wenn ich so vielen Klienten mit meiner Psychotherapie helfe, in meinen eigenen Angelegenheiten bin ich immer hilflos."

„Dafür hast du doch dann mich als Freundin", scherzte ich. „Wollen wir ein bisschen durch den Märchenpark gehen? Am Schwanenweiher kann man jetzt beobachten, wie die jungen Schwäne immer brav hinter ihren Eltern herschwimmen. Sie haben sich schon ein wenig gewandelt und sind schon fast so schön wie ihre Eltern. Und genauso majestätisch."

Greta sah mich staunend an. „Und ich dachte, du rennst jetzt ins Schloss, sofort zu Moro, um mit ihm jetzt eine große Liste der Verdächtigen aufzustellen."

Ich lächelte sie an. „Das halte ich aber noch nicht für sinnvoll. Die beiden haben jetzt bestimmt noch genug mit dem Kommissar und der

Versicherung zu besprechen. Dafür habe ich hinterher immer noch Zeit."

„Gut, dann bin ich einverstanden, und ich spendiere uns ein italienisches Eis von Gianni, dessen Wagen um diese Zeit am Eingang des Parks steht. Meinst du, Rossini hat seine Wertgegenstände alle bei Theo Fritz versichert, den du damals nicht sehr sympathisch fandest und in einem deiner vergangenen Kriminalfälle sogar verdächtigt hast?"

„Ich weiß auch nicht, woran es liegt, dass ich ihn verdächtigt habe. Wahrscheinlich eigne ich mich in Wirklichkeit gar nicht zur Polizistin oder Kriminalkommissarin. Wenn mir jemand nicht so sympathisch ist, dann verdächtige ich ihn viel schneller. Dieser Theo war so mächtig darauf bedacht, mir unbedingt zu gefallen und sich bei mir einzuschmeicheln, da habe ich mich innerlich irgendwie geschüttelt. Kannst du mich da verstehen?"

„Ja, verstehen kann ich dich schon. Aber professionell ist das vermutlich nicht, obwohl dir dein Bauchgefühl auch schon sehr oft einen Täter präsentiert hat. Aber je länger ich darüber nachdenke, umso klarer wird mir die Sache. Vermutlich sind dir die Leute alle unsympathisch, die auch irgendwo eine kleine oder große Leiche im Keller haben. Nur sind sie dann vermutlich nicht gerade in dem Fall immer der Täter, den du gerade bearbeitest."

Ich freute mich. „Ha! Du bist wirklich genial. Nach einer Therapie mit dir fühle ich mich auch gestärkt. Vielleicht sind wir sogar zusammen ein ganz gutes Team. Kannst du mir nicht ein bisschen helfen?"

„Würde ich ja. Aber neben meinem Beruf fordern mich die beiden Kids schon ganz ordentlich. Ganz besonders Konstantin, der den tragischen Tod seiner Mutter ja nun wirklich noch nicht verarbeitet hat. Darauf möchte ich mich lieber jetzt konzentrieren. Bist du mir böse?"

„Du bist verrückt! Warum sollte ich dir dafür böse sein? Das kann ich so gut verstehen."

Während Greta am Eiswagen für uns beide große Eistüten erwarb, sprach mich Jasmin die jüngere Zwillingsschwester und Mitbesitzerin des Guts Langenau an. Offenbar hatte ihr der Kommissar, ihr Lebensgefährte Niklas schon etwas von dem Diebstahl berichtet.

„Hallo, Abigail! Ich muss dich unbedingt kurz sprechen. Es geht um die Badende Venus", sprudelte sie heraus.

Ich zog die Augenbrauen hoch. „Hat dir Niklas etwas verraten? Ist das nicht ein bisschen früh?"

„Oh nein! Gemeinsam mit Bürgermeister Schneider und Rossini war er der Meinung, dass es ganz schnell an die Öffentlichkeit kommen muss, damit nach der verschwundenen Skulptur auch umgehend gesucht werden kann. Es wurde davon schon gerade in den Regionalnachrichten berichtet, und unser Tagesblättchen wird es auch so schnell wie möglich drucken. Es könnte ja durchaus möglich sein, dass der Dieb die wertvolle Figur so schnell wie möglich verhökern will. Und wer weiß, wem er sie dann anbietet. Dazu ist es natürlich auch super gut, wenn alle darüber Bescheid wissen."

„Soweit habe ich gar nicht gedacht, Jasmin. Das tut mir leid. Da hast du natürlich völlig Recht.

Und du hast schon einen Verdacht? Hast du schon mit Niklas darüber gesprochen?"

Sie schüttelte den Kopf. „Nein, konnte ich noch nicht. Und ich glaube, es ist auch eher eine Sache für deine verdeckten Recherchen. Bei Senta und mir im Gutshof hat nämlich ein Geschichtsprofessor eingecheckt, vorgestern, und er hat mich über die historischen Bauten in Sankt Augustine ausgequetscht. Aber nicht über die Kunstwerke, die dort verteilt sind, sondern über die Öffnungszeiten."

„Und nun meinst du, dass er Antiquitäten sammelt? Aber er hat vermutlich meinen Katalog von Sankt Augustine, da sind die Fotos von allen vorhandenen Kunstwerken drin. Und die Öffnungszeiten? Die braucht er doch, wenn er alles besichtigen möchte."

„Mir kommt dieser Professor Münsterländer aber verdächtig vor", beharrte Jasmin auf ihrer Meinung. Ich wollte dir nämlich vorschlagen, dass du mit ihm eine Stadtführung machst und ihn dir dabei einmal ein bisschen näher anschaust. In der Zeit würde ich dann auch sein Zimmer durchsuchen und schauen, ob ich die Badende Venus bei ihm finde."

„Ich wollte eigentlich erst mit Moro und vielleicht auch Niklas eine Verdächtigenliste anfertigen. Nur, weil er Geschichtsprofessor ist, zählt er doch noch nicht zu den Verdächtigen", gab ich zurück.

„Er kann es aber sein. Und wenn du nicht in den nächsten Stunden die Möglichkeit hast, ihn aus dem Gutshof wegzulocken, dann könnte er die Skulptur inzwischen schon irgendwo anders versteckt haben."

Ich seufzte etwas genervt. „Wer sagt dir denn überhaupt, dass er sie, falls er sie entwendet hat, bei dir im Gutshof versteckt hat? Es gibt auch Schließfächer an den Bahnhöfen, er könnte sie sich auch mit einem Päckchen nach Hause geschickt haben."

Jasmin hob die Hände hinter den Kopf, um ihn zu stützen. „Himmel! Abigail! Deine Fantasie in allen Ehren, aber dieser Professor befasst sich doch auch mit alten Sachen, das könnte doch auch ein Hinweis sein. Einen Versuch ist das doch wert."

„Aber ich habe keine Zeit momentan für eine ganze Stadtführung. Das kommt einfach nicht hin. Hast du nicht eine bessere Idee?"

Sie überlegte, während Greta zu uns kam und jedem von uns eine große Eistüte in die Hand drückte. „Du siehst so hungrig aus, Jasmin, so, als könntest du eine kleine Erfrischung gebrauchen. Da habe ich auch an dich gedacht."

Jasmin bedankte sich. „Ich habe zwar gar keinen Hunger, aber wenn du so nett an mich denkst, dann kann ich deine nette Aufmerksamkeit nicht zurückweisen. Weiß Greta auch schon Bescheid?"

„Ja, sie war es ja, die mit mir gemeinsam im Rosenturm den Verlust der Skulptur entdeckt hat. Also, hast du eine Idee?" drängelte ich Jasmin.

„Bis jetzt noch nicht. Ich fand die Sache mit der Stadtführung enorm gut. Oder vielleicht weiß ich doch etwas? Du könntest mit ihm ein Vorgespräch im Aufenthaltsraum führen, ihn für eine Stadtführung begeistern, und in dieser Zeit durchsuche ich dann sein Zimmer."

Ich schüttelte den Kopf. „Nein Jasmin! Du weißt, dass ich dir sonst jeden möglichen Gefallen tue.

Aber ob du so einfach sein Zimmer durchsuchen darfst, das sprichst du lieber mit deinem Freund Niklas ab. Er ist der Kommissar, und er leitet den Fall. Das Einzige, was ich dir jetzt anbieten kann, ist, dass ich gleich noch einmal zu dir komme und ihn ganz einfach einmal anspreche. Dabei werde ich mir dann eine Meinung bilden. Und wenn es sich bei dem Gespräch ergibt, biete ich ihm an, ihn später zu irgendeinem der historischen Bauwerke hinzuführen. So gewissermaßen als Aufhänger. In der Zwischenzeit kannst du dann in Ruhe mit Niklas reden. Ist das ein Deal?"

„Na gut! Ich hatte dich schon überall gesucht, war auf dem Weg zu dir zum Schloss, aber zum Glück bist du mir ja dann hier schon begegnet. Dann gehe ich inzwischen eilig zurück zum

Gutshof und werde den Professor weiter beobachten."

Ich sah sie mit großen Augen an. „Und jetzt, wer hat ihn inzwischen bewacht?"

Sie sah mich an wie ein Kind, das man bei einem Streich erwischt hat. „Maria hat mir geholfen. Ich hatte noch einiges gut bei ihr. Du kennst sie doch, die Medizinstudentin Maria, die in der Tierarztpraxis von Clemens bei uns auf dem Gutshof arbeitet. In der Zeit, als sie sich in Clemens verliebte, habe ich ihr so manche Gelegenheit verschafft, ihm persönlich näherzukommen. Und im Augenblick ist sie so hilfsbereit und schaut, ob der Professor auch zu Hause bleibt. Und wenn nicht, dann wird sie ihm unauffällig folgen."

Greta stöhnte gespielt. „Der arme Niklas! Er ist so ein seriöser Kommissar. Und jetzt hilft ihm eine ganze Horde von verrückt gewordenen Bürgern aus Sankt Augustine. Vermutlich wird noch jeder Zweite verdächtigt werden."

Nachdem wir uns von Jasmin verabschiedet hatten, spazierten wir durch den Märchenpark, an all den zauberhaften Szenen vorbei, die sich die Dichter der vergangenen Zeiten für ihre Nachwelt ausgedacht hatten. Den Schwanenweiher erreichten wir zur Mittagszeit, als die Wasseroberfläche das spiegelnde Sonnenlicht in hellen Flecken hin und her bewegte. Das Schwanenpaar hielt sich mit seinen vier Nachkommen in der kleinen Bucht auf, in die man die steinerne Nachbildung der kleinen Seejungfrau gesetzt hatte. Majestätisch kreisten die weißgefiederten Wasservögel am Ufer entlang, die jungen Schwäne zeigten sich noch in hellgrauem Federkleid.

Am Ufer entdeckten wir drei junge Leute, deren Blicke aufmerksam den eleganten Schwimmern folgten.

„Das sind die drei neuen Studenten", wusste ich. „Sie wohnen erst seit ein paar Tagen bei uns im Schloss, und Adelaide hat mir angekündigt, dass ich sie heute Nachmittag bei einem Tee näher kennenlernen kann. Jetzt sind wieder einmal alle Zimmer im Seitentrakt belegt. Zurzeit wohnen dort zehn junge Kunststudenten."

Die drei Parkbesucher hatten uns ebenfalls bemerkt und kamen uns entgegen.

So, wie ich es schon von den anderen Studenten im Schloss kannte, hatten sie keine Hemmungen uns gleich mit dem vertraulichen Du anzusprechen. „Hallo Abigail!" wandte sich die junge Frau an mich. „Demnächst werden wir uns wohl öfter sehen. Ich bin die Amy aus Amerika, und ich hoffe, bei Rossini im Schloss noch ganz viel zu lernen. Ich habe noch nie einen Märchenpark gesehen, der so geschmackvoll ist. Die, die ich bisher gesehen habe, sind absolut kitschig und haben kaum künstlerischen Wert."

„Auch hier sind viele Figuren aus den Szenen von Rossini" teilte ich ihr mit. „Das könnt ihr auch im Stadtführer von Sankt Augustine nachlesen."

„Darin haben wir schon herumgeblättert", verriet mir der junge Mann mit den blonden Locken. „Ich bin übrigens Justin aus Frankreich. Wir sind die Nachbarn des Weingutbesitzers, dem einst das Schloss hier in Sankt Augustine gehört hat, bevor er es an Rossini verkaufte. Ich studiere Musik und meine Leidenschaft ist es, ein Piano zu quälen."

„Da wir schon einmal dabei sind, uns vorzustellen, schließe ich mich direkt an", wandte sich der andere junge Mann, der einen dunklen geflochtenen Zopf trug, an Greta und mich. „Ich bin Jacques, aus der Gegend von Marseille. Als ich klein war, sind meine Eltern mit mir vom Norden Deutschlands in den Süden Frankreichs ausgewandert, ich bin also sozusagen ohne Nationalität. Und weil mir das Licht in meiner neuen Heimat eben so gut gefällt, studiere ich die Malerei."

Greta stellte sich ebenfalls vor. „Auch ich weiß noch nicht, wer ich wirklich bin, da ich trotz etlicher Recherchen noch nicht herausgefunden habe, ob ich vielleicht mit Melusine und Ottokar aus dem Mittelalter verwandt bin. Ansonsten hoffe ich, dass man in mir eine Mischung aus gesundem Menschenverstand und intuitivem

Gefühl aus allen Nationen findet. In meinem Beruf therapiere ich Menschen, die sich mit Problemen an mich wenden, und im Privatleben restauriere ich mit Hingabe im Blumenviertel historische Hinterlassenschaften."

Amy nickte. „Ach ja, dann habe ich auch schon von dir gehört und gelesen, Greta. Ich habe auch schon das von Moro Rossini geschaffene Abbild von dir im Märchenpark gefunden. Am Miniatur-Rosenturm entdeckte ich den Ritter Ottokar auf seinem Pferd und eine junge, sehr hübsche, rothaarige Frau, das Ritterfräulein Melusine. Es sieht dir wirklich sehr ähnlich."

„Moro ist wirklich ein großer Künstler", teilte ich meine Meinung den anderen mit. „Aber auch seine modernen Skulpturen sind aussagekräftig und von enormer Bedeutung. Habt ihr auch schon von dem Diebstahl der Badenden Venus gehört?"

Die Studenten nickten eifrig. „Die Schlossherrin war ja ganz verzweifelt, sie tat uns sehr leid", berichtete Jacques. „Deswegen haben wir auch beschlossen, überall, wo es hier in Sankt Augustine Wasser gibt, einmal nachzuschauen, ob wir sie hier finden. Es gibt manchmal Menschen, die lieben es, makabre Scherze zu treiben. Möglicherweise wollte jemand dieser Venus ein Bad ermöglichen."

Ich sah ihn bestürzt an. „Hoffentlich nicht! Wer käme schon auf solch eine absurde Idee? Ich wäre jetzt nicht darauf gekommen, und ich habe schon wirklich sehr viel Fantasie."

„Dann können wir vielleicht dem Schlossherren unsere Unterstützung anbieten", schlug mir Amy vor. „Wir Künstler haben alle sehr viel Fantasie, und wir können uns die absurdesten Dinge vorstellen. Doch bisher haben wir glücklicherweise noch nichts von einer Skulptur im Wasser entdeckt."

„Soviel ich weiß, ist sie wahrscheinlich gebrannt und lackiert, aber ein dauerhaftes Bad im Wasser würde ihr sicher schlecht bekommen", vermutete ich. „Wir sind allerdings nicht deswegen hierhergekommen, sondern hatten lediglich vor, uns hier am Weiher etwas zu erholen und inspirieren zu lassen."

„Das nehmen wir noch so nebenbei mit", meinte Amy vergnügt. „Bis jetzt haben wir es noch nicht bereut, uns hier in Sankt Augustine eingemietet zu haben. Und die Zimmerpreise im Schloss sind wirklich bezahlbar."

„Das liegt wiederum daran, dass es eine begüterte Dame gibt, die sehr viel für die Kunst übrig hat. Es ist Frau Ackermann, die Tante einer meiner Freundinnen, die immer wieder in den

Künstlerfond investiert und den einen oder anderen schon einmal unterstützt. Sie ist die Tante von Laura Camissoll, der weltberühmten Schauspielerin, die inzwischen in Philadelphia lebt. Ich habe erst kürzlich davon gehört, dass Frau Ackermann demnächst einen Wettbewerb für Künstler veranstalten wird. Falls ihr daran näheres Interesse habt, wendet euch einfach an mich, denn ich verwalte die Anmeldeformulare."

Amy freute sich. „Das hört sich aber interessant an. Gibt es Preise in jeder Kategorie?"

„Natürlich. Frau Ackermann liebt es, wenn alles gerecht zugeht. Und es gibt sowohl Geld als auch Reisepreise, wobei sich die gute Dame wirklich viele Gedanken gemacht hat. So geht es zum Beispiel für einige Musikpreise nach Wien und für die Maler nach Paris. Ich werde euch nachher einmal Informationen zukommen lassen, damit ihr einmal nachschaut, ob es für euch infrage kommt."

„Da sind wir sicherlich alle mit dabei", vermutete Amy. Das Licht schimmerte auf ihrem schwarzen Haar, dass sie in einem flotten Pagenschnitt zur Schau stellte. „Das ist nicht nur motivierend. Schließlich freut man sich auch, wenn man einmal die Chance bekommt, etwas Außergewöhnliches zu tun. Prima! Dann sehen wir uns später noch."

Die Drei wandten sich zum Gehen, und ich sah ihnen nach.

„Jetzt möchte ich deine Gedanken wissen", unterbrach mich Greta. „Wer von den Dreien könnte die Skulptur gestohlen haben?"

„Meines Erachtens keiner von ihnen. Sie sind zwar vermutlich alles arme Studenten und könnten etwas Geld gebrauchen, aber sie sind völlig neu hier in Sankt Augustine. Und von den Geheimtüren des Rosenturms ist nirgendwo etwas vermerkt. Weder in meinem historischen Reiseführer, noch in dem normalen Stadtführer für die gesamten Touristen. Abgesehen davon finde ich keinen von ihnen unsympathisch, und ich kann mir sogar vorstellen, dass ich sie beim näheren Kennenlernen noch sympathischer finden werde."

Greta überlegte. „Diese Amy ist ein munteres kleines Ding, und die beiden Männer scheinen etwas introvertierter zu sein, aber sympathisch sind sie mir alle drei, da hast du schon Recht. Dann wirst du dich wohl oder übel einmal zu dem merkwürdigen Professor begeben müssen, befürchte ich."

Ich nickte ergeben. „Ja, und das mache ich jetzt gleich.   ***

Als mir Professor Münsterländer im Aufenthaltsraum des Gutshofes entgegenkam, hatte ich den Eindruck, dem Klischee des zerstreuten Professors zu begegnen. Die Nickelbrille saß schief auf seiner Nase, die karierte Jacke wirkte auf mich zu dem gestreiften Hemd leicht befremdend und die abgeschabte Hose zeigte einen frischen Fleck an der Seitentasche.

Es wirkte auf mich wie eine Verkleidung. Wollte er sich so vielleicht tarnen? War er vielleicht gar kein Geschichtsprofessor? Handelte es sich um einen gerissenen Gauner, der dreist am Tatort verweilte?

Höflich und förmlich stellte er sich mir vor und lud mich zu einem Kaffee ein, den er bei Jasmin bereits vorbestellt hatte, und der in einer großen Thermoskanne auf dem Tisch stand.

Nachdem wir uns an den Tisch gesetzt und mit Kaffee bedient hatten, verwickelte er mich rasch in ein Gespräch über die historischen Gebäude.

„Was für ein Glück ist es doch, wenn man in einer so bedeutenden Stadt wohnen kann", fand er. „Da werden Sie doch sicher oft inspiriert, nicht wahr? Sind Sie auch eine kreative Künstlerin?"

„Leider nein. Ich wurde mit keinem dieser Talente beschenkt. Aber mir wurden sehr offene Sinne beschert, sie sind sehr sensibel und fähig zu Emotionen. Ich habe die Gabe, die Kunst und die Künstler sehr gut erfassen und erleben zu können. Ich kann mich in die Kunstwerke hineinversetzen und erfahre sie als große Bereicherung meines Lebens. Deswegen genieße ich das Leben hier in dieser Stadt und freue mich über jeden Künstler, der mir hier begegnet. Seit der Schlossherr nun auch Studenten im Seitentrakt wohnen lässt, haben wir fast jede Woche 2-3 kleine Konzerte, an denen ich jederzeit teilnehmen kann."

Der Professor nickte bedächtig. „Das ist eine gute Einrichtung. So können die Studenten üben, und andere Menschen haben auch etwas davon. Sankt Augustine ist dabei, eine Musterstadt zu werden. Ich habe den Bürgermeister bereits bewundert, als er hier das große Spiel inszenierte. Offenbar engagiert er sich für viel Nähe und Verständnis unter den Menschen."

„Und was interessiert Sie denn hier ganz besonders?" fragte ich ihn direkt.

„Die Kinder der Künstler", antwortete er, und es dauerte einen Augenblick bis ich ihn verstand.

„Ach so! Sie meinen die Kunstwerke. Gibt es da auch etwas Spezielles? Interessieren Sie sich eher für Gemälde oder für Skulpturen oder für Bauwerke?"

„Ich katalogisiere, und ich meine das so, wie ich es gesagt habe. Ich schaue mir das Kunstwerk an, also das Kind und schließe daraus auf die Eigenschaften des Künstlers, also des Erzeugers. Das ist mein ganz spezielles Hobby. So erhalte ich dann anhand dieser Kinder, also der Werke, später aus den vielen Details ein Gesamtbild des Künstlers."

„Hm!" machte ich und konnte mir auf die Schnelle nicht allzu viel darunter vorstellen. Deswegen ging ich aufs Ganze. „Wenn Sie also die Skulptur der Badenden Venus von Rossini vor sich sehen, welche Informationen erhalten Sie dann dabei über den Künstler?"

Er sah mich mit einem durchdringenden Blick an.

„Ich habe sie zwar noch nicht in meinen Händen

gehalten, aber schon in Ihrem Katalog gesehen. Zum einen liebt der Künstler die Wahrheit, viele seiner Skulpturen zeigen nackte Menschen. Er liebt die Natur, die unverfälschte, die unverkleidete, auch das zeigt mir diese Nacktheit. Und er liebt die Schönheit des Körpers der Menschen. Damit präsentiert er sich mir auch als sehr sinnlicher Mensch. Und dass er die Frauen liebt, das zeigt mir auch die liebevolle Interpretation dieser Venusfigur."

Ich hielt seinem fragenden Blick stand. „Und dass sie sich badet, ist das auch ein Zeichen von Unschuld und Reinheit. Ist Rossini deswegen ein Künstler, der das Jungfräuliche liebt?"

Er blieb ernst. „Nein, das sehe ich nicht so. Diese Venus ist üppig in ihren Formen, sie ist ja die Göttin der Liebe. Ich denke, das Bad ist ein Symbol des immer Wiederkehrenden und der

Reinigung der Seele durch die Liebe. Ich denke, Rossinis Skulptur zeigt mir, dass er erotisch sehr leicht ansprechbar ist."

Ich hatte Lust, ihn zu provozieren. „Könnte man sagen, dass bei ihm das sexuelle Interesse ausgeprägt ist?"

Er schob die goldene Brille weiter herunter bis fast auf die Nasenspitze und sah mich prüfend an.

„Ich denke, das Wort Sex gibt es bei ihm gar nicht. Es wirkt für seine Person viel zu animalisch. Seine Erotik ist beseelt wie sein Liebesleben. Seine Sinne sind kultiviert wie sein Schlossgarten mit den vielen zauberhaften Brunnen, die von den Geheimnissen seiner Seele erzählen."

Bei dieser Beschreibung meines guten älteren Freundes Rossini wurde es mir warm ums Herz, und der zerstreute Professor begann, mir sympathisch zu werden, was mich sehr störte, weil ich ihn sofort in die Kategorie „möglicher Täter" eingeordnet hatte.

„Ja, der Schlossgarten, der Park ist ein Spiegelbild seiner Seele. Und die Wasser dieser Brunnen sprechen all das aus, was Rossini nur durch seine Werke ausdrückt. Ich gehe so oft ich kann, in seinen Gärten spazieren und fühle mich dann jedes Mal noch verzauberter als im Märchenpark von Sankt Augustine."

„Ich habe schon mit Herrn Rossini gesprochen", verriet er mir. „Er wird mir auch einen Gang durch diesen herrlichen Park erlauben."

Das war die Gelegenheit, ihm meine Hilfe anzubieten, schoss es mir durch den Kopf. „Wenn Sie möchten, führe ich Sie dort etwas herum. Aber ich bin Ihnen auch nicht böse, wenn

Sie mir sagen, Sie möchten Ihre Eindrücke auch ganz allein sammeln."

Wieder sah er mich prüfend an. „Ich glaube nicht, dass Sie mich stören. Gegebenenfalls könnte man sich ja dann auch von Zeit zu Zeit trennen, um sich von den einzelnen Eckchen des Parks auf besondere Weise inspirieren zu lassen."

„Gut, Herr Professor Münsterländer!" Ich stand auf. „Vielen Dank für den Kaffee! Sie können sich dann gern melden, wenn Sie einen Termin mit mir wünschen. Übrigens, hat Ihnen hier Frau Jasmin Schirmer schon davon berichtet, dass die Badende Venus von Moro Rossini verschwunden ist? Es soll auch schon im Radio in den Nachrichten gewesen sein."

Er sah mich entsetzt an. „Was ist passiert?"

„Die wunderschöne Skulptur von Rossini ist wohl gestern Nacht gestohlen worden. Eine

Nachbarin hat die Polizei benachrichtigt, weil sie Licht sah in dem Raum, in dem die Skulptur aufbewahrt wurde."

„Aber sind denn im Schloss keine Überwachungskameras?"

„Die Venus befand sich nicht im Schloss, sondern im Rosenturm an der Stadtmauer. In diesem historischen Gebäude gibt es im oberen Stockwerk auch einen Ausstellungsraum. Von dort hat man sie geraubt."

„Und dort sind keine Überwachungskameras?"

„Ja, schon, am Tor, und außen am Gebäude. Aber das wird alles noch genauestens von der Polizei untersucht. Das ist nun ein schmerzhafter Verlust für die Rossinis. Wahrscheinlich sind sie über die Badende Venus recht gut informiert? Adelaide war nämlich in Moros Gedanken das Modell, und zwar in dieser Zeit, als die beiden noch vom Schicksal getrennt lebten."

„Das weiß ich wohl, Frau Mühlberg. Ich kenne die Lebensgeschichte der beiden, es war eine sehr tragische. Sie durften sich in der Jugend begegnen und verloren sich dann für Jahrzehnte. Doch immerhin ist es Ihnen jetzt seit etwa 20 Jahren gestattet, die restliche Zeit des Lebens noch gemeinsam zu verbringen. Dieser Verlust der Badenden Venus ist für alle sehr schmerzlich, für die Kunstliebhaber und für das Paar natürlich auch, aber glücklicherweise müssen sie noch nicht in ihrer Erinnerung auf Skulpturen zurückgreifen, ihnen ist die Gnade erwiesen, dass sie noch miteinander leben dürfen, in diesem hohen Alter."

Ich sah ihn an. Wie alt mochte er wohl sein, und was wollte er mir damit sagen? Besaß er in der

Liebe nur noch Erinnerungen? Ich schätzte ihn auf etwa 60 Jahre, aber sein Aussehen, wenn es nicht einer Verkleidung diente, verführte zum Denken, dass er ein eigenbrötlerischer Einzelgänger sei.

„Moro und Ada wissen das zu schätzen", wusste ich. „Aber diese Badende Venus hat er mit so viel Liebe gestaltet. Es tut mir sehr leid, dass sie jetzt in den falschen Händen ist."

„Ja, das ist natürlich furchtbar", räumte er ein.

„Für mich ist es auch unvorstellbar. Ein beseeltes Kunstwerk, möglicherweise in den Händen eines rein materiellen, gierigen Menschen, der damit sein Portmonee bereichern möchte."

Was er mir sagte, erschien mir ein wenig theatralisch, aber vom Sinn her konnte ich ihm folgen und empfand ebenso. War das bei ihm nun gespielt, oder zeigte er mir seine Emotionen einfach so, weil wir beide ein ähnliches Kunstempfinden hatten?

„Wenn Sie irgendeine Idee haben, Herr Professor, dann melden Sie sich bitte bei mir! Ich werde natürlich für die beiden Rossinis ein wenig recherchieren, ich wohne ja nicht nur bei ihnen im Schloss, nein, wir sind inzwischen schon richtig gute alte Freunde geworden und verstehen uns prächtig, obwohl die beiden ja nun eine Generation älter sind als ich, ja, mehr noch. Sie gehören der Generation an, die noch durch Kriegs-und Nachkriegszeiten geschädigt und traumatisiert wurde."

Der Professor nickte. „Das ist mir auch alles bekannt, ich habe auch Rossinis Biografie gelesen, die Sie geschrieben haben. Und ich habe auch schon alle die wichtigen Städte besucht, die sein Leben beeinflusst haben. Ich war in Catania auf Sizilien, wo er geboren wurde. Ich war in den Dolomiten, wo er Adelaide kennenlernte, und ich war in Vicenza, wo er etliche Jahre mit seiner ersten Frau lebte. Das alles hat mich immer sehr interessiert."

„Möchten Sie denn auch etwas über ihn schreiben?" fragte ich ihn direkt. „Wie ich sehe, sind Sie sehr gründlich."

„Ich habe sogar seine Exfrau kennen gelernt", teilte er mir mit. „Sie ist eine nette Person, sie hatte nur überhaupt kein Verständnis für seine künstlerischen Talente, daher hat sie in ihm nie das gesehen, was er wirklich war. Aber sie muss wohl früher auch sehr schön gewesen sein."

„Zum Glück ist sie mit ihrem neuen Partner glücklich geworden", wusste ich. „So können wir diese Frau also als Diebin aus Rache ausschließen."

Zum ersten Mal huschte ein winziges Lächeln über sein Gesicht. „In Catania habe ich auch Ihre Freundin Teresa kennengelernt, die dort ebenfalls Skulpturen mit göttlicher Hand erschafft. Sie hat mir die ganze Geschichte erzählt, auch aus ihrem eigenen dramatischen Leben. Ich erinnere mich, dass ihre Rivalin einmal all ihre Kunstwerke in Scherben warf. Also Rache und Eifersucht sind gar nicht mal so abwegige Motive. Gab es denn in den letzten Jahren noch jemanden, der an Rossini mit einem Rachegefühl dachte?"

„Im Augenblick fällt mir da niemand ein", antwortete ich wahrheitsgemäß. „Aber jetzt möchte ich mich doch von Ihnen verabschieden, weil ich noch weitere Termine habe. Bitte melden Sie sich gegebenenfalls bei mir!"

Ich wünschte ihm noch einen angenehmen Tag und spazierte in Gedanken versunken zum

Schloss zurück. Konnte ich diesem merkwürdigen Professor trauen? Hatte er die Badende Venus vielleicht schon längst verscherbelt und blieb nur hier, um sich nicht verdächtig zu machen? Niklas musste unbedingt seine finanziellen Verhältnisse untersuchen, das wollte ich ihm ans Herz legen. Und wieder einmal schlug meine Fantasie Purzelbäume. Wenn er nun in Vicenza Rossinis Exfrau näher kennen gelernt hatte und von ihr zu einem Racheakt verleitet worden war? Aber warum sollte er sich da einspannen lassen? Für Geld? Oder hatte er sich vielleicht in Moros Exfrau verliebt?

Oder war er einfach nur ein heimlicher Sammler schöner Kunstgegenstände? Je mehr ich über ihn nachdachte, umso weniger konnte ich mich dafür entscheiden, ob ich ihn nun für verdächtig hielt oder nicht. Ich beschloss, ihn erst einmal aus meinen Gedanken zu verbannen, bis ich nähere Erkenntnisse über ihn besaß. Inzwischen nahm ich mir vor, die Menschen zu interviewen, die das Ehepaar Rossini für verdächtig hielt.

***

Die Schlossherrin hatte ihren Ehemann im Rollstuhl auf die Schlossterrasse geschoben. Dort, in der Nachmittagssonne, genossen sie die milde Luft des späten Frühlings.

Adelaide schenkte mir einen Tee ein und schob mir einen Teller voller duftender Plätzchen hin, die Carla, ihre junge Hausdame, gerade frisch gebacken hatte.

„Dann wollen wir doch einmal überlegen!" schlug ich Moro und Ada vor und begann: „Ich nehme an, dass ihr die liebe Frau Ackermann nicht verdächtigt, die Figur entwendet zu haben."

Die Vorstellung war so absurd, dass die beiden Rossinis laut lachen mussten, trotz der betrüblichen Situation.

„Die schließen wir natürlich aus", bekräftigte die Schlossherrin meine Vermutung. „Und den Bürgermeister von Wittentine, Herrn Joachim

Fiedler halte ich auch nicht für kriminell genug, eine solche Tat zu begehen. Auch von der Logik her ergäbe das überhaupt keinen Sinn. Eine gestohlene Skulptur kann er nicht im Badehaus von Bad Witten aufstellen."

„Aber wie ist das denn mit dem Milliardär aus Südfrankreich, diesem Monsieur Petit? Den wird sich Niklas bestimmt einmal anschauen wollen. Kennt ihr ihn persönlich?"

„Nein, ich kenne ihn nicht", teilte Moro mir mit. „Ich weiß gar nichts über ihn. Möglicherweise willst du wieder einmal nach Frankreich fahren und dich dort erkundigen? Aber haben wir denn nicht gerade bei den neuen Kunststudenten zwei Franzosen dabei? Sie sind doch auch aus dem Süden dort, und ein Milliardär ist häufig ein bekannter Mensch. Vielleicht wissen die beiden etwas über ihn."

Adelaide schüttelte leicht den Kopf. „Sie wohnen in einer anderen Gegend. Jacques stammt aus Marseille und Justine aus der herrlichen Landschaft am Tarn, dort wo die gigantischen Naturschutzgebiete sind. Aber der Milliardär Petit lebt in der Nähe von Nizza. Das ist doch schon ein ganzes Stückchen weiter östlich. Aus dieser Entfernung muss man sich nicht unbedingt kennen."

Ich überlegte. „Ich habe die beiden jungen Kunststudenten aus Frankreich vorhin im Park schon kurz kennengelernt. Sie waren mir sehr sympathisch. Sonst hätte ich auch sofort behauptet, dieser Herr Petit hat einen von beiden oder vielleicht sogar beide beauftragt, hier die Skulptur zu stehlen."

Ada sah mich verwundert an und lachte. „Was hast du für eine Fantasie! Wie kommt man denn auf sowas? Jetzt weiß ich auch, warum sich Niklas immer so sehr über deine Hilfe freut. Du wirst die beiden Franzosen und Amy gleich noch näher kennenlernen, danach kannst du dir bestimmt noch ein besseres Bild über sie machen. Die Versicherung macht übrigens keine Schwierigkeiten."

„Aha! Ihr habt also schon darüber gesprochen."

„Der Versicherungsvertreter aus Sankt Augustine, Herr Fritz war vorhin schon bei Moro", berichtete die Schlossherrin.

„Herr Fritz? Ihr habt die Wertgegenstände bei ihm versichert?" staunte ich.

„Es ist ja nicht seine Versicherung", klärte mich Moro auf. „Dieser Herr Fritz hat eine Agentur, eine Versicherungsfirma, die nicht nur aus einer einzigen besteht. So hat er uns immer für das entsprechende Projekt die beste Versicherungs-Firma herausgesucht."

„Dann ist er also so eine Art Makler", bemerkte seine Frau. „Da müsste er sich doch in diesen Dingen gut auskennen. Aber ich weiß, Abigail, du magst ihn nicht besonders."

„Ich werde versuchen, meine Antipathie da herauszuhalten. Ich fand ihn etwas zu aufdringlich."

„Wollte er dir etwas aufschwatzen?" erkundigte sich Moro.

„Nein, um eine Versicherung ging es nicht. Er machte so plumpe Komplimente im übertriebenen Maß. Das waren einfach blöde Anmachversuche."

Adelaide lächelte mich an. „Ja, das bist du von deinem charmanten italienischen Ehemann nicht gewohnt, nicht wahr? Wir beide wissen, wie einfallsreich und geschickt das die Südländer anstellen. Dabei sparen sie auch nicht mit Komplimenten."

„Ich gebe dir absolut Recht, Ada. Ich bin wirklich sehr glücklich mit Ermanno, obwohl jetzt wahrscheinlich einige sagen werden: Warte erst einmal ab, du bist ja auch noch nicht lange mit ihm verheiratet! Trotzdem werde ich mir Theo Fritz noch einmal vornehmen, so ein Versicherungsvertreter hat doch auch viele Kontakte."

„Ich denke, wir beschränken uns erst einmal auf den Milliardär Petit", fand Moro. „Er war ziemlich enttäuscht, dass ich ihm die Badende Venus nicht verkaufen wollte."

„Er könnte also ein Typ sein, der es nicht verträgt, wenn man ihm Nein sagt? Jemand, der es gewohnt ist, mit Geld alles kaufen zu können?"

„Genau das müssen wir herausfinden." Moro warf mir einen bittenden Blick zu. „Du könntest erst einmal mit ihm telefonieren, am besten in einem Gespräch mit Bild, dann könntest du einen Eindruck von ihm gewinnen. Und wenn du dir dann nicht sicher bist, was du von ihm halten sollst, dann spendiere ich dir natürlich einen Flug nach Nizza. Daran soll es nicht scheitern."

„Dann müssen wir uns einen guten Plan ausdenken", fand ich. „Vielleicht hat er schon im Internet vom Diebstahl etwas gelesen. Ich brauche einen guten Aufhänger für eine Verbindung zu ihm."

Der weißhaarige Künstler schenkte mir eines seiner charmantesten Lächeln. „Eben hast du schon gezeigt, dass du eine grenzenlose Fantasie hast. Dir wird bestimmt etwas einfallen."

Ich kicherte. „Eigentlich ist es schon witzig, dass so einen reicher Mann, der im Süden bestimmt einigen Einfluss hat, ausgerechnet Petit heißt. Das passt wie die Faust aufs Auge. Gut, wenn ich es mir genau überlege, könnte ich mich als deine Agentin ausgeben, Moro.

Ich biete ihm einfach als Ersatz für die Venus eine andere schöne Skulptur von dir an."

Moro überlegte. „Eine andere Skulptur? Da muss ich einmal nachdenken, welche eine Alternative sein könnte. Vielleicht Amor und Psyche?"

Adelaide strich ihm liebevoll über den Arm. „Ach nein! Diese Skulptur liebst du doch so sehr, du würdest sie vermissen. Hast du denn irgendeine, an der dein Herz nicht hängt?"

„Sie sind alle meine Kinder", bekannte Moro. „Aber ich habe tatsächlich noch eine im Atelierschrank stehen. Sie zeigt auch ein Paar, das sich umarmt. Ein reicher Modearzt, ein Schönheitschirurg hat diese Skulptur einmal bestellt. Es zeigt ihn und seine Freundin. Aber noch bevor ich die Figuren vollendet hatte, trennte sich die Freundin von ihm, und er wollte von diesem bestellten Paar nichts mehr wissen. Er gab mir dann ein paar Euro dafür und meinte, irgendjemand würde sich sicherlich schon dafür interessieren. Als berühmter Künstler könne ich sicherlich alles verkaufen."

„Was für ein Schuft!" schimpfte ich. „Er hätte dir den vollen Preis dafür zahlen müssen."

„Ich war damals nicht so in der Stimmung, mich mit ihm zu streiten. Zu der Zeit lief gerade meine Scheidung. Ich habe die Figuren dann „die

Entzweiten" genannt, sie weggestellt und einfach nicht mehr daran gedacht."

„Unter diesem Namen werde ich sie ihm kaum andrehen können", argumentierte ich. „Können wir nicht einen verlockenderen Namen erfinden?"

„Was haltet ihr von „Im Namen der Liebe"?" schlug Adelaide vor.

„Das hört sich geheimnisvoll an", fand ich. „Und auf jeden Fall nicht negativ."

Moro nickte dazu. „Das passt auch. In Auftrag gegeben wurde diese Skulptur ja auch im Namen der Liebe. Und was dann später geschah, wer weiß? Da hattest du eine wunderschöne Idee, Amore."

Er lächelte sie liebevoll an, und ihre Augen trafen sich für einen kurzen Moment. Ich hatte das

Gefühl, das Feuer sehen zu können, dass ihre beiden Herzen verband.

Ich hielt mich einen Augenblick lang zurück, um diese Nähe nicht zu stören, wusste ich doch, wie kostbar ihnen jetzt im Alter jede Sekunde war.

Adelaide selbst fand nach kurzer Zeit wieder in unser Gespräch zurück. „Ich glaube, mir ist diese Skulptur vor einiger Zeit aufgefallen, als ich mit Carla gemeinsam das Atelier gesäubert habe. Ist es die, bei der sich der Mann ziemlich weit nach vorn beugt und die Frau ihren Kopf etwas zur Seite dreht?"

„Genau die ist es. Ich habe sie damals nach einem Foto modelliert, aber mir, wenn ich ganz ehrlich sein soll, damals nichts dabei gedacht. Diese Pose empfand ich nicht negativ. Ich dachte eher noch, dass sie sich von ihm auf den Hals küssen lassen will. Aber wenn ich heute darüber nachdenke, könnte sie sich zu der Zeit schon etwas von ihm abgewendet haben."

„Dann will ich jetzt auch nicht länger warten", beschloss ich und ließ mir von Moro die Telefonnummer von Monsieur Petit geben. Ich nutze das Glück dieser Stunde und rufe ihn jetzt an."

„Willst du nicht erst einmal Jacques, Justin und Amy näher kennen lernen?" bot mir Adelaide an.

„Sie werden gleich hier erscheinen."

„Ich komme später hinzu. Haltet sie nur lange auf! Aber ich denke, sie werden nicht gleich wieder weglaufen. Sie sind doch gerade erst im Schloss eingezogen. Bis später", versprach ich und zog mich in den Garten zurück.

***

Am Nymphenbrunnen hielt ich an, setzte mich auf den steinernen Rand und wählte die Handy-Nummer von Monsieur Petit. Eine ältere Männerstimme meldete sich auf Französisch. Zuerst nannte er seinen Namen und wünschte höflich einen guten Tag. „Was kann ich für Sie tun?"

Ich bemühte mich, mein altes Schulfranzösisch herauszukramen. „ Guten Tag Monsieur Petit! Entschuldigen Sie bitte, dass ich Sie jetzt störe und Sie so ganz unangemeldet anrufe. Ich bin Frau Mühlberg, eine Freundin von Adelaide und Moro Rossini und außerdem seine Agentin. Er hat mir erzählt, dass Sie Interesse an seinen Skulpturen haben, und da wollte ich Ihnen eine ganz besondere Kostbarkeit anbieten."

„Sie rufen aus Deutschland an, habe ich gesehen. Und Sie sprechen ein gutes Französisch. Aber mit Adelaide Rossini unterhalte ich mich auch auf Deutsch. Vielleicht reichen meine Sprachkenntnisse, dass Sie mich auch verstehen können."

„Oh ja!" rief ich erfreut aus. „Ich kann Sie sehr gut verstehen. Sie sprechen unsere Sprache ausgezeichnet. Sind Sie noch an einer Skulptur des großen Künstlers interessiert?"

Er zögerte einen Augenblicks. „Nicht generell. Diese eine Skulptur der Badenden Venus, an ihr war ich sehr interessiert. Aber ich will nicht ausschließen, dass Moro vielleicht noch etwas anderes erschaffen hat, dass mir ebenfalls gefallen könnte."

„Das wäre sehr schön. Es hat Herrn Rossini nämlich sehr leid getan, dass er Ihnen Ihren Wunsch nicht erfüllen konnte. Und das ließ ihm natürlich keine Ruhe. Daher ist er nun auf die

Idee gekommen, Ihnen etwas vergleichsweise genauso Kostbares anzubieten."

Offenbar dauerte es doch einen kleinen Augenblick, bis er sich mein Deutsch übersetzt hatte. Er zögerte mit der Antwort. „Das ist sehr liebenswürdig von Moro. Ich habe von Anfang an empfunden, dass wir einen guten Draht zueinander haben. Wollen Sie mir ein Foto des Objektes schicken?"

Er wirkte gar nicht wie ein überheblicher Milliardär. Ich versuchte mir vorzustellen, wie er aussah, kam aber zu keinem Ergebnis. „Dieses kostbare Objekt hat Herr Rossini in keinem Katalog aufgenommen", teilte ich ihm mit. „Er hat diese Skulptur in einem geheimen Versteck. Ich habe sie selbst noch nicht gesehen. Lediglich seiner Frau ist sie schon einmal begegnet. Wenn Sie damit einverstanden sind, können wir ein

Videotelefonat führen. Dabei könnten wir uns kurz kennen lernen, und ich könnte Ihnen diese Skulptur dann zeigen. Ich halte dies für besonders sinnvoll, weil ich diese Skulptur dann vor Ihren Augen drehen und sie Ihnen von allen Seiten zeigen kann. Was halten Sie davon?"

„Das alles kommt mir sehr sinnvoll vor. Welchen Namen hat diese Skulptur denn, das würde mich sehr interessieren."

„Ihnen darf ich es verraten. Für die übrigen soll es noch ein Geheimnis sein. Diesen Figuren hat Rossini einen besonderen Titel gegeben, der sehr gut zu der Skulptur passt. Das Kunstwerk heißt: „Im Namen der Liebe."

Ich hörte, dass er tief atmete. „Ein verheißungsvoller Titel. Jetzt haben Sie mich neugierig gemacht. Wann kann ich diese Skulptur sehen?"

„Das werde ich auf jeden Fall umgehend mit dem Künstler absprechen", versprach ich ihm. „Und wenn Sie wollen, werde ich Sie sofort benachrichtigen."

„Damit würden Sie mir einen großen Gefallen tun, Frau Mühlberg. Wann haben Sie Zeit für mich?"

„Vielleicht am späteren Nachmittag? Dann habe ich gerade eine Pause. Auf das Tageslicht müssen wir keine Rücksicht nehmen. Dort, wo sie steht, kann man sie sich in einem geeigneten Licht anschauen. Hinaus tragen möchte ich sie aus mehreren Gründen verständlicherweise nicht. Zum einen könnte sie mir aus der Hand fallen und zerbrechen, zum anderen konnte sie von fremden Personen gesehen werden. Und das könnte auch wiederum Komplikationen geben."

„Wunderbar", fand er. „Und besten Dank für Ihre Bemühungen! Dann rufen Sie mich bitte später zu der Zeit an, die Ihnen angenehm ist. Au Revoir!"

Ich freute mich, mein Plan war aufgegangen, und er schien keinen Verdacht geschöpft zu haben. Den Diebstahl hatte er auch nicht erwähnt. Also hatte er entweder noch nichts davon gehört, oder wohlweislich dazu geschwiegen. Und später wollte ich genau auf sein Gesicht achten, wenn ich ihm von der verschwundenen Badenden Venus erzählte.

Voller Elan eilte ich zurück zu den Rossinis, in der Erwartung die drei neuen Kunststudenten vorzufinden, aber ich fand dort am Tisch neben dem älteren Ehepaar nur Jacques vor, den Maler aus Marseille.

„Amy und Justin sind noch im Blumenviertel", informierte mich Adelaide. Sie besichtigen dort die alten Häuser und werfen einen Blick auf die Gedenkstätte für den Dichter Wohlfahrt. Sie haben im Kulturführer von Sankt Augustine etwas von den schlimmen Geschehnissen vor dem Zweiten Weltkrieg gelesen."

„Und du?" wandte ich mich an Jacques. „Hattest du keine Lust, dich deinen Freunden anzuschließen?"

„Ich war schon dort", berichtete er. „Das liegt daran, dass ich mir die Stadt vorher ganz genau angeschaut habe, bevor ich hierher zog. Eine ganze Woche lang bin ich hier durch das Städtchen gezogen und habe sämtliche historischen Schätze angesehen. Und von dir habe ich auch schon eine ganze Menge gelesen. Wenn man ein schlechtes Gewissen hat, sollte man sich mit dir lieber nicht anlegen", scherzte er.

„Ich mache mir halt so meine Gedanken", ging ich auf seinen Scherz ein. „Und meinen kriminalistischen Spürsinn habe ich von meinem Großvater geerbt. Dazu noch ein bisschen Bauchgefühl, und niemand ist vor mir sicher. Sag mir also lieber gleich, welche Leiche du im Keller hast!"

Er lachte. „Dann muss ich mich gut mit dir stellen. Es heißt doch immer, man muss seine Feinde kennen. Aber bedenke bitte dabei, dass ich ein Künstler bin, und die haben bekanntlich eine ausschweifende Fantasie. Ich bin zwar vom Beruf her ein Maler, aber ich kann dir eine Lügengeschichte so präsentieren, dass du sie nicht als Unwahrheit entlarven kannst."

Ich überlegte einen Augenblick. „Dann solltest du vielleicht den Beruf wechseln. Diese Talente kannst du auch sehr gut als Schauspieler verwenden. Oder möchtest du vielleicht lieber Romane schreiben? Da bist du nämlich in dieser Stadt am richtigen Ort. Hier gibt es so viele Geschichten und Geschichtchen, Legenden und auch Storys der Neuzeit. Du kannst dich hier nach Herzenslust inspirieren lassen."

„Wer weiß? Aber jetzt werde ich erst einmal sämtliche Motive dieser Stadt aus meiner eigenen Sichtweise heraus verewigen. Und das unter dem Motto. „Altes in modernem Kleid".

Das gefiel Moro. „Ich werde nachher einmal mit dir in meinen Atelier gehen", versprach er dem jungen Studenten. „Aber wenn du soviel Fantasie hast, dann würde ich zu gern auch einmal deine Meinung über den Diebstahl hören. Hier im

Schloss oder im Rathaus stehen viel wertvollere Skulpturen. Warum wurde gerade diese gestohlen?"

Jacques nippte am Tee. „Vielleicht fehlt diese Figur einem Sammler in einer Reihe. Ich denke, du weißt, dass die Badende Venus schon viele Künstler inspiriert hat. Es gibt sie von den verschiedensten Malern und Bildhauern, und sie ist auch schon verfilmt worden."

„Dann kennst du auch sicher das Bild von Vallin", vermutete ich. „Greta und ich finden es ausgezeichnet."

Er zögerte einen Augenblick. „Es ist nicht so ganz nach meinem Geschmack. Mir ist es zu realistisch und zu altmodisch. Und die schöne Göttin der Liebe sieht darauf auch ziemlich mollig aus. Ich bevorzuge Moros moderne

Skulpturen, sie sind schlicht aber sehr aussagekräftig."

„Man kann sie einfach nicht vergleichen", fand Adelaide. „Eine jede Zeitepoche hat eine andere Vorstellung der Liebesgöttin und der Göttin der Schönheit. Und glücklicherweise leben wir jetzt in einer Zeit, in der der Zeitgeschmack nicht so eingeschränkt ist. Wir können und dürfen alles schön finden, was wir mit sehendem Auge entdeckt und mit dem Herzen empfunden wurde. Jedenfalls bei einer solchen Figur."

„Ja, und das ist auch gut so", stimmte ihr Jacques zu. „Also, ich könnte mir vorstellen, dass der Sammler schon einige Venusbilder besitzt, und vielleicht auch schon einige Skulpturen. Und hier fand er dann die Gelegenheit, seine Sammlung zu komplettieren. Das erscheint mir sehr wahrscheinlich."

„Aber es könnte auch einfach nur jemand Geld brauchen", gab ich zu bedenken. Das ist auch immer ein starkes Motiv."

„Dann müssen es Profis gewesen sein", vermutete Jacques. „Man kann diese Skulptur nicht an jeder Ecke loswerden, man muss Beziehungen haben. Nur Kunstliebhaber geben dafür lohnenswerte Beträge aus."

„Wir werden wohl noch eine Reihe von Tagen daran herumrätseln", vermutete ich. „Und bis dahin werden wir wohl auf die anderen Kunstgegenstände aufpassen müssen. Glücklicherweise werden jetzt überall noch weitere Überwachungskameras angebracht, sodass sich in Zukunft die Diebe in Acht nehmen müssen."

Jacques sah mich erstaunt an. „Ach, du glaubst, sie würden es noch einmal wagen. Du meinst, sie hätten es generell nur auf diese eine besondere Skulptur abgesehen?"

„Ja, denn sie hatten doch die Gelegenheit, noch viel mehr zu stehlen, haben aber alles andere liegen lassen."

Ich sah ihn aufmerksam an. „Du wohnst doch nun schon einige Jahre im Süden Frankreichs. Und Marseille ist doch gar nicht so weit von Nizza entfernt. Kennst du da einen Monsieur Petit? Das soll ein bekannter Milliardär sein, ein Kunstsammler."

„Ja, der ist ziemlich bekannt im Süden Frankreichs. Ich glaube, er hat eine Werft für große Yachten. Warum? Meinst du etwa, er könnte die Skulptur gestohlen haben?"

„Na ja, vielleicht nicht er selbst. Aber er könnte jemandem dazu den Auftrag gegeben haben.

Oder ist dieser Monsieur Petit über jeden Verdacht erhaben?"

Jacques zögerte. „Ich kenne ihn nicht persönlich. Aber ich könnte mir vorstellen, dass er nicht zu solchen Mitteln greifen muss, um etwas zu bekommen."

„Aber ich kenne diesen Herrn persönlich", ertönte eine Stimme neben mir. Sie gehört Justin, der unbemerkt hinzugekommen war.

Ich drehte mich zu ihm. „Du kennst ihn? Kannst du mir etwas von ihm erzählen?"

„Der Vater eines Schulfreundes, Hugo Albert, wollte sich einmal eine Yacht bei ihm kaufen. Petit war zufällig selbst am Hafen, wo die Schiffe lagen und die beiden Männer stellten fest, dass sie beide die gleichen Pfeifen im Mund hatten. Sie hatten sie ganz unabhängig voneinander in Mexiko in einem kleinen Dorf erworben. Das fanden sie so merkwürdig, dass sie sich einmal über ihre Mexiko-Reise unterhalten wollten, und sie trafen sich bei Monsieur Albert zu einer Gartenparty, zu der ich als junger Mann auch eingeladen war, ich glaube, ich muss gerade 18 Jahre alt geworden sein. Er hat ganz weiße Haare und einen gepflegten

Schnauzbart, mit dem er dem Schauspieler Jean Gabin ähnelt."

Ich sah ihn neugierig an. „Und was für einen Eindruck hattest du sonst von ihm?"

„Er wirkte auf mich recht sympathisch, auf jeden Fall sehr gemütlich. Natürlich etwas versnobt, man merkt es ihm schon an, dass er so reich ist. Er ist halt gewohnt in einer Luxuswelt zu leben. Ist denn etwas Besonderes mit ihm?"

Moro sah ihn aufmerksam an. „Er wollte einmal die Badende Venus kaufen, meine Skulptur, die jetzt gestohlen wurde."

Justin riss die Augen auf. „Aber ihr glaubt doch jetzt nicht etwa, dass er sie gestohlen hat?!"

Adelaide schenkte Tee in eine zarte Porzellantasse ein. „Wir haben eben nur die Leute aufgezählt, die bisher Interesse an dieser Skulptur gezeigt haben. Vermutlich ist er ein sehr seriöser älterer Herr, dieser Monsieur Petit? Kennt ihr euch inzwischen mehr, Justin?"

„Nein, ich habe ihn nur dieses eine einzige Mal getroffen. Aber sein Bild hat mich so beeindruckt, dass es in meinem Gedächtnis haften blieb. Man hört keine Skandale von ihm. Nur, dass er so wahnsinnig reich ist."

„Dann ist also auch dort nicht über ihn bekannt, ob er ein Skulpturensammler ist?" hakte Ada nach.

Justin überlegte einen Augenblick. „Darüber habe ich noch nie etwas gehört. Soll ich einmal den Vater meines Freundes fragen, ob er immer noch mit Petit Kontakt hat?"

Moro lächelte geheimnisvoll. „Danke, das ist nicht nötig. Wir müssen hier erst einmal anderen Spuren nachgehen, bevor wir so weit in die Ferne schweifen. Heute Abend ist übrigens eine gute Sicht zum Mond. Wer möchte denn mit mir am späten Abend in mein kleines Planetarium?"

Die beiden Studenten meldeten sich sofort, zeigten großes Interesse und begannen mit Rossini zu fachsimpeln, doch Adelaide unterbrach das Gespräch und wandte sich an Justin. „Wo hast du denn Amy gelassen. Der

Kuchen steht nun schon so lange auf dem Tisch, dass ihn bald die Insekten auffressen werden."

„Sie gehört zu den eitlen Frauen, die sich für solche Anlässe immer noch einmal umziehen müssen", bemerkte der Student spöttisch. „Sie wird sicher gleich nachkommen."

Die Schlossherrin verteilte den Kuchen, den Carla nach einem französischen Rezept gebacken hatte, und der ihr außerordentlich gut gelungen war. Über verschiedenen hauchdünnen Böden von zartem Biskuitteig, lag eine hohe Schicht einer luftigen Bourbon-Vanillecreme, gekrönt von aromatischen Aprikosen, die sich in einem blumigen Fruchtgelee aneinanderschmiegten.

Justin seufzte. „Das macht Heimweh nach Frankreich. Aber jetzt werde ich Sankt Augustine erst einmal eine Chance geben. Bleibt Amy eigentlich lange hier?"

„Auf jeden Fall will sie hier bei Teresa an einem Seminar teilnehmen", teilte ihm Ada mit. „Die kommt nämlich morgen aus Catania hierher und wohnt wieder einmal im Rosenturm, wo sie immer so herrlich kreativ sein kann. Teresas Skulpturen sind fast so schön wie die von meinem Mann", schwärmte sie.

Justin sah sie enttäuscht an. „Ach! Und ich dachte, Amy würde mindestens ein Semester lang hierbleiben."

„Das ist noch nicht gewiss. Es wird sich zeigen." Die Schlossherrin lächelte. „Wenn ihr es Amy recht nett macht, dann könnt ihr sie bestimmt dazu bewegen, noch etwas länger zu bleiben."

Ich dachte mir meinen Teil, Justin schien Feuer gefangen zu haben. Die schwarzhaarige Amy mit dem kessen Pagenschnitt hatte wohl sein Interesse geweckt, kein Wunder! Sie strahlte jugendliche Frische und Unbekümmertheit aus. Ihr zartes, hübsches Gesicht verdiente es, von den im Schloss lebenden Künstlern porträtiert und verewigt zu werden.

Moro beugte sich zu mir und reichte mir einen Schlüsselbund. „Hier, Abigail! Damit du deinen Plan ausführen kannst." Er zwinkerte mir zu.

Richtig, es war Zeit für das Gespräch mit Monsieur Petit. Ich bedankte mich für Kuchen und Tee und stand auf. In diesem Moment eilte Amy herbei und begrüßte die Anwesenden gut gelaunt, ausgiebig und voller Herzlichkeit.

Diese Gelegenheit nutzte ich, um die anderen zu verlassen und eilte in Moros Atelier, wo ich die Skulptur mit dem neuen Namen „Im Namen der Liebe" fand und betrachtete. Die Figuren hatte Rossini aus einem mir fremdartigen Stein gemeißelt und sie auf einen kleinen dunklen

Sockel gesetzt. Wieder einmal hatte es der Künstler fertig gebracht, ein Werk zu schaffen, bei dem sich mit wenigen schwungvollen Bewegungen zwei Körper zueinander neigten und dabei sehnsuchtsvolle Emotionen spiegelten.

Sie gefielen mir sehr gut, und es tat mir fast leid, sie Monsieur Petit anzubieten. Eine ganze Weile drehte ich die Skulptur in den Händen und betastete sie ebenso vorsichtig wie liebevoll.

Anschließend stellte ich sie auf den kleinen Beistelltisch, setzte mich auf den Biedermeierstuhl und wählte die Nummer des französischen Milliardärs.

Es schien schon auf meinen Anruf gewartet zu haben, und ich entdeckte Monsieur Petit genauso, wie ihn Justin beschrieben hatte. Sein weißes Haar und sein gepflegter Schnauzbart waren sicherlich sein Markenzeichen, man konnte spüren, dass er beides mit Stolz trug und sich gern präsentierte. „Schön, dass Sie ihr Versprechen einhalten", freute er sich. „Guten Tag, Frau Mühlberg. Nun darf ich zu ihrer angenehmen Stimme auch ihr besonders attraktives Äußere betrachten. Es freut mich sehr, Sie kennen zu lernen, und finde Sie sehr sympathisch. Ich bin schon sehr gespannt, was Sie mir jetzt anbieten wollen."

Ich ließ die Figur in den Blickwinkel des Telefons gleiten. „Hier ist das besondere Kunstwerk, ich drehe es jetzt für Sie einmal ganz um die eigene Achse, damit Sie einen Blick rundherum haben können."

Langsam lief ich um den Tisch herum und präsentierte Monsieur Petit die Skulptur von allen Seiten. „Und natürlich schicke ich Ihnen jetzt auch noch Fotos und ein Video davon, damit Sie in Ruhe von zuhause aus noch einmal alles anschauen können", versprach ich ihm.

„Das ist wirklich sehr freundlich von Ihnen, sehr aufmerksam", fand er. „Mein erster Eindruck ist schon besonders stark. Ich muss sagen, da hat Moro ein gutes Pendant gefunden.

Ich werde mir alles in Ruhe ansehen, und mich selbstverständlich umgehend wieder melden, denn ich weiß es zu schätzen, dass sich dieser fantastische Künstler derart für mich bemüht hat."

Ein fast unmerkliches Ziehen im Magen zeigte mir an, dass sich ein leichtes schlechtes Gewissen bei mir meldete. Ich hatte den Wunsch, das Gespräch schnell zu beenden, bedankte mich für sein Interesse und verabschiedete mich höflich von ihm.

Vorsichtig stellte ich die Skulptur zurück an ihren Platz, verschloss das Atelier und kehrte zurück zu Adelaide, die sich inzwischen allein mit Amy am Tisch befand.

„Die Männer haben sich auf den Balkon zurückgezogen", erklärte Adelaide, als sie mein erstauntes Gesicht sah. Ich glaube, sie wollen sich für heute Abend schon eine gute Flasche Wein bereitstellen, damit sie zu dem Erlebnis des Sternenhimmels auch ihren Gaumen etwas verwöhnen können."

Amy lobte den Kuchen. „So etwas Köstliches habe ich in Amerika noch nie gegessen. Vielleicht gibt mir Carla das Rezept dazu."

„Du kannst dir gleich ein Stück mit in dein Zimmer nehmen", schlug ihr Adelaide vor. „Dann kannst du dich bei deiner Arbeit zwischendurch etwas erfrischen."

Ich wandte mich an die Amerikanerin. „Darf ich fragen, an was du arbeitest oder ist das noch ein Geheimnis?"

Amy lächelte mich an. „Man spürt direkt, dass du es gewohnt bist, mit Künstlern zusammen zu sein. Viele halten wirklich geheim, woran sie gerade arbeiten, weil es eine Art ungeborenes Kind ist. Aber ich darf es dir schon verraten, weil es sich um eine Auftragsarbeit handelt."

Ich freute mich. „Ach! Ich bin immer ganz begierig auf neue Schöpfungen. Dann kann ich es verstehen, dass du uns schon etwas davon verrätst. Dann hast du bestimmt schon ganz klare Vorstellungen von dem, was da entstehen soll."

„Es soll ein Phönix aus der Asche werden. Aber kein Paradiesvogel, überhaupt kein Vogel, sondern ein Symbol der Auferstehung."

„Auch wenn ich mir jetzt darunter noch gar nicht vorstellen kann, es wäre sicherlich interessant für Moro", fand ich. „Ich habe oft Teresa bei der Arbeit zugesehen, als sie im Rosenturm ihre Figuren erschuf. Sie hat eine unvergleichliche Art, mit Erotik etwas zu gestalten."

Amy sah mich erstaunt an. „Ich habe ein Seminar bei ihr gebucht. Dann werde ich das wohl selbst mit eigenen Augen sehen. Aber was verstehst du darunter, etwas mit Erotik zu gestalten?"

„Die Schöpfung einer Skulptur ist bei ihr ein besonderer Akt der Liebe. Manchmal tanzt sie selber dabei mit sehr sinnlichen Bewegungen, und sie streichelt ihre Schöpfungen, während sie sie formt. Sie haucht ihnen gewissermaßen Emotionen ein."

„Auch wenn ich dir jetzt verraten habe, was ich gerade erschaffe, so gehöre ich doch nicht zu den

Künstlern, denen man bei der Arbeit zuschauen darf. Ich trage auch einen ganz normalen Arbeitskittel."

„…während Teresa oft in einem Hauch von Nichts arbeitet. Sie feiert, sie zelebriert praktisch die Erschaffung ihrer Werke", fügte ich hinzu.

„Dann wird es Zeit, dass ich sie kennenlerne", fand Amy. „Wann kommt Teresa genau?"

„Morgen im Laufe des Tages", wusste die Schlossherrin. Sie wandte sich an mich. „Hast du Lust, mit mir am Abend etwas auf dem Balkon zu sitzen. Heute Abend ist im gelben Salon wieder mal ein kleines Konzert, Bernhard wird wieder Klarinette dazu spielen und Carla hört natürlich ihrem Liebsten zu. Bei dem schönen Wetter möchte ich aber ganz gern Musik hören und gleichzeitig den schönen Frühlingsabend genießen. Vom Balkon aus können wir beides."

„Gern, liebe Ada! So lange Ermanno noch mit seinen Studenten auf Exkursion ist, habe ich noch einige freie Abende. Und Amy, magst du nicht auch mit uns den Abend genießen?"

Sie schüttelte leicht den Kopf. „Ich habe zu tun. Mein Phoenix soll in den nächsten Tagen fertig sein. Und ich fühle mich heute schon sehr inspiriert, sogar von dem besonderen französischen Kuchengenuss. Ihr müsst mich also heute bitte entschuldigen! Ein andermal dann gern. Und möglicherweise dringen die Klänge der Musik auch bis in mein Zimmer."

„Gut", die Schlossherrin hob die Kaffeetafel auf. „Dann sehen wir uns später. Ich werde mich jetzt mit Carla um Moros Abendessen kümmern. Heute hat er sich Kartoffelsalat mit Würstchen gewünscht, das empfindet er als typisch deutsches Essen, und darauf hat er gerade Lust."

Die junge Amerikanerin erhob sich ebenfalls.

„Dann sehen wir uns morgen wieder. Einen schönen Abend allerseits."

Ada nickte fröhlich. „Ja, und nicht vergessen. Gemeinsames Frühstück in der Schlossküche mit hausgebackenem Kümmelbrot und frischen Croissants!"

***

Während ich mich umzog, duschte und einen Abendimbiss in der kleinen Dachwohnung einnahm, hatte ich Zeit, über den Nachmittag nachzudenken. Insgesamt hatte ich viel Neues erfahren, aber meine spärlichen Recherchen hatten noch nichts ergeben. Bisher empfand ich auch die wenigen Nachrichten meines Bauchgefühls unbefriedigend, denn sowohl der Professor Münsterländer im Gutshof, als auch der französische Milliardär und Jacques, Justin und Amy hatten mir ihre sympathischen Seiten gezeigt. Außer ihrem gemeinsamen Interesse an der Kunst boten sie mir keinen Anlass zu Misstrauen.

Dennoch sagte mir mein Verstand, dass jeder von ihnen ein Motiv haben könnte.

Ich dachte auch kurz an Theo Fritz, den Versicherungsvertreter, dem ich aufgrund seiner unsympathischen Ausstrahlung eine ganze Menge negativer Energie zutraute, und ich klebte mir eine Haftnotiz mit einer Erinnerung an ihn auf die Schreibtischunterlage.

Es war schon dunkel, als ich die ersten Musikklänge vernahm und mich zu Adelaide auf den Balkon im ersten Stock begab.

Die Schlossherrin wartete dort mit einigen Getränken, einem Käseteller und verschiedenem Salzgebäck auf mich und schob mir einen bequemen gepolsterten Sessel hin.

„Es ist sternenklar", teilte mir Ada mit. „Da werden die Männer im Stockwerk über uns gleich viel Freude haben. Justin und Jacques haben Moro eben im Rollstuhl abgeholt. Sie mussten mir versprechen, gut auf ihn aufzupassen. Oft ist er um diese Zeit schon müde, aber er findet offenbar auch Freude an der

Gesellschaft von den beiden Franzosen. Das ist einmal etwas anderes für ihn. Ich freue mich immer, wenn irgendetwas oder irgendjemand seine Lebensgeister neu erweckt."

Ich sah sie mit großen Augen an. „Damit willst du hoffentlich nicht sagen, dass du ihm langweilig geworden bist!"

Sie lächelte. „Nein. Wir werden uns niemals langweilig. Aber er braucht immer wieder neue Anregungen. Das ist bei Künstlern so, sie suchen Inspirationen, selbst wenn sie nicht mehr so kreativ sein können. Was hast du übrigens für einen Eindruck von dem Milliardär gewonnen?" wechselte sie das Thema.

„Er macht einen sympathischen Eindruck, ist höflich und sogar an der Skulptur interessiert. Bisher hat er sich noch in keiner Weise als Täter verdächtigt gemacht. Aber das will nichts heißen, liebe Ada. Ich bleibe mit ihm Kontakt und bin dabei äußerst wachsam. Und wenn es wirklich nötig ist, fliege ich für ein oder zwei Tage nach Nizza. Solange Ermanno noch mit seinen Studenten unterwegs ist, kann ich mir jede Fernreise erlauben."

„Ja, es wird wohl besser sein, wenn du selbst hinfliegst. Bei einem Video-Chat kann man doch nicht alles sehen und empfinden. Interessant wäre es auch sicher zu beobachten, wie er lebt. Vielleicht hat auch Carla Lust, dich zu begleiten. Dann könnte sie auch ihre Freunde in Frankreich wiedersehen und du müsstest dort nicht so allein sein."

„Ich glaube nicht, dass sie Bernhard hier allein lässt. Sie sind doch gerade so verliebt. Bestimmt lauscht sie gerade ihrem Liebsten beim Klarinettenspiel."

„Oh ja, natürlich. Sie ist heute Abend bei ihm, versorgt aber auch gleichzeitig die übrigen Künstler und die Gäste mit dem Nötigsten."

„Sind heute auch Gäste hier?"

„Nur die Kunststudenten, der Bürgermeister und die Bewohner aus dem Gutshof, also der Tierarzt Clemens mit Maria und die Schirmer Zwillinge Senta und Jasmin mit dem Kommissar."

Ich dachte an Senta und ihre vielen unglücklichen Liebesgeschichten. „Weißt du noch, wie Senta mit dem kriminellen Bürgermeister Hammer zusammen war? Schade, dass sie bis jetzt noch nicht den richtigen Partner gefunden hat. Ist der Bürgermeister Schneider eigentlich in einer festen Beziehung?"

Adelaide überlegte. „Darüber ist mir gar nichts bekannt. Seltsam, auf den Empfängen ist er bisher immer allein erschienen, und er hat auch nie eine Partnerin vorgestellt. Möchtest du ihn etwa mit Senta verkuppeln?"

„Das überlege ich mir auch gerade. Ich bin nicht sicher, ob die beiden gut zusammenpassen. Sie ist hauptsächlich mit dem Gutshof beschäftigt, und er im Büro und hat viel zu repräsentieren. Ob sie dafür Zeit für einander hätten?"

„Wie wäre es denn mit diesem französischen Milliardär", scherzte Ada und amüsierte sich. „Vielleicht ist er noch zu haben."

Ich lachte mit „Da sehe ich nun auch gar keine Gemeinsamkeit. Sicherlich wird er auf einer der Yachten auch herumfahren, wenn er sie schon einmal herstellt. Ich glaube, für eine Seereise würde Senta ihre Pferde niemals allein lassen."

Wir sahen auf den Park, den der Mond schwach beleuchtete. An den Blumenrabatten und in der Nähe der Brunnen leuchteten einige Solarlampen, die Moro in antike Laternen eingebaut hatte. Von unserem Balkon aus hatten wir eine gute Sicht auf den Venusbrunnen. In der Mitte des kunstvollen Bauwerks versprühten drei Delphine das glasklare Wasser. Sie tanzten um einen überdimensionalen Handspiegel, der auf der Rückseite eine Kopie des Gemäldes von William Adolphe Bouguereau zeigte: die Geburt der Venus. Ihr langes, rötlich blondes, gewelltes Haar fiel fast bis auf die Hüften, verträumt hielt sie die Augen geschlossen.

Ein paar Nachtfalter tanzten im Licht wie winzige Elfen, und ein süßer Duft von Jasmin drang zu uns herüber.

Als wir in einem Augenblick der Stille einen Nachtfalter beobachteten, der über dem Weg schwebte, trauten wir unseren Augen nicht. Ein junges weibliches Wesen in einen Hauch von durchsichtigem Schleier gehüllt schritt langsam und mit fliegendem Gang auf den Brunnen zu. Ihr langes rotblondes Haar fiel ihr bis fast auf die Hüften.

„Was ist das?" flüsterte mir Adelaide kaum hörbar zu. „Wer ist das?"

Gespannt schauten wir auf die Frau, die kurz darauf auf den Brunnenrand stieg und darin verschwand.

Starr vor Staunen warteten wir darauf, dass sie wieder herauskam. Aber es tat sich nichts.

Ich sah Adelaide an. „Was war das? Haben wir schon Halluzinationen? Wir haben doch überhaupt nichts getrunken."

Sie schüttelte verwirrt den Kopf. „Aber du hast es doch auch gesehen. Da war doch jemand. Das kann doch keine Fata Morgana sein. Oder hat jemand ein Bild in die Luft projiziert, das wir für real hielten?"

Wir beschlossen, der Sache sofort auf den Grund zu gehen, verließen den Balkon, eilten den langen Gang entlang bis zur Treppe, die wir rasch hinabstiegen, und durchquerten die Eingangshalle. Adelaide nahm dort den Schlüssel vom Haken, öffnete das Tor und begab sich mit mir zum hinteren Teil des Schlossparks, von dem mehrere Wege zum Venusbrunnen führten. Kurze Zeit später hatten wir das Kunstwerk erreicht und eilten mehrere Male um den Brunnen herum, wobei wir auch eifrig in das Beckeninnere spähten.

Nirgends konnten wir etwas anderes entdecken, als den einsamen Brunnen mit den kunstvollen Figuren und das plätschernde Wasser.

Als ich die Delphine näher betrachtete, hatte ich den Eindruck, dass sie mich auslachten.

„Was hältst du davon?" fragte mich Adelaide.

„Sind wir denn verrückt geworden? Oder war das nur eine Luftspiegelung?"

„Das kann ich mir wirklich nicht vorstellen. Und der Spiegel im Brunnen ist auf der Vorderseite, das Bild der Venus auf der Rückseite. Da kann also auch nicht ein Spiegel des Bildes auf den Weg gefallen sein. Ich sah ja auch ganz deutlich, wie sie auf den Brunnen zuging, was sie anhatte und wie sie in das Wasser stieg. Du hast doch bestimmt auch ihr rötliches, langes Haar gesehen, oder?"

„Ja, sie sah genauso aus, wie die Venus auf dem Bild. Aber ich habe es auch so empfunden, dass sie lebte, ein Mensch aus Fleisch und Blut war.

Na ja, vielleicht nicht ganz. Ein bisschen sah sie schon aus wie eine Fee."

„Es gibt keine Feen", erinnerte ich die Schlossherrin. „Auch nicht hier in diesem märchenhaften Schloss, in dem man schon einmal wieder an Märchen glauben könnte. Nein, nicht einmal im Märchenpark von Sankt Augustine gibt es solch eine geisterhafte Erscheinung. Es ist auch bestimmt nicht der Geist von dem Ritterfräulein Melusine aus dem Rosenturm. Nein, das war eindeutig eine lebendige junge Frau."

„Aber wo kam sie hier und wo ist sie hin? Und was wollte sie hier? Einmal kurz im Brunnen baden? Wozu?"

„Eine Badende Venus! Das war eine Badende Venus! Wer auch immer das war, ich glaube, das hat mit dem Diebstahl zu tun. Entweder wollte uns diese Frau ein Zeichen geben, oder sie hat selbst diese Skulptur entwendet."

Adelaide stutzte. „Aber das Ganze ergibt doch gar keinen Sinn. Um eine Badende Venus zu sein, muss man doch keine Skulptur stehlen. Aber du bist doch auch ganz sicher, dass uns niemand etwas in irgendein Getränk getan hat, Abigail, oder?"

„Ganz sicher, lieber Ada! Ich habe nämlich etwas ganz anderes getrunken als du. Ich nahm Fruchtsaft, und du Wein, und das haben wir aus unterschiedlichen Gläsern genossen. Ganz abgesehen davon, dass ich seit den letzten Vorfällen immer erst ganz genau in mein Glas oder meine Tasse schaue, bevor ich etwas trinke. Das habe ich mir inzwischen so angewöhnt. Und ich fühle mich auch jetzt ganz klar. Ich sehe dich und mich und den Brunnen, und sonst nichts."

„Dann haben sich vielleicht die Männer oben einen Scherz mit uns erlaubt. Wir müssen uns einmal zu Moro und den jungen Franzosen in die Höhle des Löwen wagen und dort nachfragen, ob sie irgend ein Bild, eine Art Dia oder etwas Ähnliches auf den Weg projiziert haben. Vielleicht ist es auch eine Neuerung, die in den Filmstudios von Kevin in Philadelphia entwickelt wurde. Seitdem nun feststeht, dass hier wieder einmal ein Film gedreht werden soll, sind nämlich mein Mann und der Regisseur in regem Kontakt."

„Das ist natürlich eine Möglichkeit. Dann lass uns schnell zu den Sternenguckern gehen. Da wird sich alles bestimmt ganz schnell aufklären lassen."

Wir spazierten noch ein paar Mal über die anliegenden Wege rund um den Brunnen herum und wanderten dann in einem großen Kreis um das Schloss herum, während wir links und rechts neben uns alles genau untersuchten.

Es bot sich uns nichts Außergewöhnliches. Still ruhten die Pflanzen, lediglich ein paar kleine Brunnen plätscherten und ein paar nächtliche Insekten umschwirrten die Laternen.

Eilig schloss Adelaide das Tor auf, von Neugier getrieben stiegen wir die Treppen empor und klopften an Moros Sternen-Studio.

Es dauerte eine ganze Weile, bis jemand von drinnen „Herein" rief.

Justin blickte gerade in ein großes Fernrohr, während sich Jacques und Moro an einem kleineren beschäftigten.

Als wir hineintraten, blickten sie uns erstaunt an.

„Wird es euch da unten zu langweilig? Möchtet

ihr auch etwas in den Mond gucken?" erkundigte sich Moro.

„Tut nicht so scheinheilig", schimpfte Adelaide. „Wie habt ihr das hinbekommen? Mit welcher neuen Technik kann man so lebendige Bilder in die Luft projizieren?"

Die Köpfe der beiden anderen Männer wandten sich neugierig zu uns herum.

Irritiert sah uns Justin an. „Was ist los? Was sollen wir gemacht haben?"

„Jetzt tut nicht so unschuldig!" schimpfte Ada erneut. „Wolltet ihr uns einen Schrecken einjagen oder uns nur auf den Arm nehmen?"

Moro betrachtete seine Frau eingehend. „Habt ihr vielleicht die falsche Flasche Wein erwischt? Jetzt musst du mir erst mal ganz genau erklären, was eigentlich passiert ist. Wir schauen hier schon den ganzen Abend in die Sterne, da waren wir froh, dass uns niemand gestört hat."

Adelaide trat ans Fenster und blickte hinaus. „Aber ihr seid doch genau über uns, von diesem Fenster aus könnt ihr euren Scherz getrieben haben. Wie habt ihr dieses Bild in die Luft gezaubert?"

Moro schüttelte den Kopf. „Welches Bild? Und was sollen wir womit gemacht haben?"

„Diese Frau da unten, die fast unbekleidet zum Brunnen lief und aussah wie die Venus auf dem Bild des französischen Malers, die mit den langen rötlichen Haaren. Wieso sah das plötzlich aus wie echt, als Abigail und ich in den Park blickten."

„Wir haben nichts gemacht", beteuerte ihr der Ehemann. „Das kann ich dir hoch und heilig versichern. Wir hatten hier einen sehr interessanten Abend und haben uns auch nicht aus dem Zimmer gerührt."

Adelaide erklärte ihm nun haargenau, wie sich alles zugetragen hatte, die beiden Franzosen hörten aufmerksam zu und sahen die Schlossherrin erstaunt an.

„Vielleicht hat sich irgend einer der anderen Studenten einen Scherz erlaubt", vermutete Jacques. „Ich werde das sofort einmal abklären und alle befragen, das Konzert ist nämlich schon eine ganze Weile vorbei. Und dann sehen wir auch noch einmal im Garten nach." Er eilte aus dem Raum.

„Es könnte aber auch eine lebendige Person gewesen sein", überlegte Justin. „Vielleicht hat sich eine von den Studentinnen einen Scherz erlaubt. Das wäre doch denkbar. Immerhin ist gerade im Museumsraum vom Rosenturm eine

Badende Venus verschwunden. Da ist es doch naheliegend, dass jemand auf so eine Idee kommt."

Moro stimmte ihm zu. „Dass jemand hier im Schloss die Möglichkeit hat, einen so lebensechten Film auf den Gartenweg zu projizieren halte ich auch nicht für wahrscheinlich. Der Scherz einer unserer Studentinnen hier im Schloss ist jedoch ganz gut denkbar. Wir werden schon herausfinden, wer das gewesen ist."

„Aber diese junge Frau ist doch gar nicht wieder aus dem Brunnen heraus gestiegen", behauptete Adelaide. Wohin soll sie denn verschwunden sein? Wir haben doch auch im Park alles weiträumig abgesucht und müssten ihr begegnet sein."

„Nicht unbedingt. Der Park ist groß genug und hat überall Büsche und Bäume, zwischen denen man sich verstecken kann. Vermutlich ist sie zur einen Seite des Brunnens hineingestiegen und auf der anderen Seite genau hinter dem großen Aufbau der Figuren wieder hinaus. Von da aus kann sie sich rasch zwischen den Koniferen versteckt haben."

Justin betrachtete den Brunnen vom Fenster aus. „Wenn sie sich etwas geduckt hat beim hinaussteigen, dann konntet ihr sie wirklich nicht dabei beobachten. Ich denke, sie hat gewusst, dass ihr dort sitzt und wollte euch einen Streich spielen. Von hier oben, ein Stockwerk höher wäre es uns wahrscheinlich nicht entgangen, dass sie auf der anderen Seite wieder hinausstieg. Schade, dass wir das nicht gesehen haben."

„Vielleicht meldet sich diejenige freiwillig und klärt uns morgen darüber auf", vermutete Moro. „Schließlich hat sie ja erreicht, was sie wollte, sie hat euch vollkommen durcheinander gebracht."

Als Jacques wenige Minuten später zurück ins Zimmer kam, waren wir mit all unseren Erklärungsversuchen immer noch nicht zufrieden.

„So, inzwischen habe ich alle erreicht", berichtete er. „Das war auch nicht schwer. Die sieben männlichen Studenten saßen alle gemeinsam noch in der Schlossküche und haben sich ein Bierchen genehmigt. Der Bürgermeister und die anderen Gäste haben bereits seit einer Weile das Schloss verlassen und sind gemeinsam nach Hause spaziert. Carla und Bernhard traf ich im Konzertraum, den sie gerade aufgeräumten. Sie hatten nichts gesehen oder gehört, aber

Bernhard durchsucht jetzt gerade mit einer Lampe den Garten und will sich den Weg auf Spuren hin einmal genauer ansehen. Amy hatte bereits geschlafen, sie kam im Pyjama direkt aus dem Bett, und die beiden anderen Studentinnen Helene und Keira hatten es sich in ihren Zimmern vor dem Fernseher gemütlich gemacht. Sie wussten alle von nichts und waren erstaunt, aber auch sehr amüsiert. Das muss ja auch ein zauberhaftes Bild gewesen sein, und alle meine männlichen Kollegen haben es sehr bedauert, nichts gesehen zu haben. Hatte sie wirklich nur einen durchsichtigen Schleier an?"

Ich lächelte. „Ja, es war ein zauberhafter Anblick. Ich dachte, die Venus ist lebendig geworden. Vielleicht war sie nicht ganz so üppig wie die auf dem Bild, aber sie hatte sehr schöne weibliche Formen. Das kann ich mir vorstellen, dass ihr

Männer enttäuscht seid, den Anblick verpasst zu haben. Es geht ja langsam auf Vollmond zu. Vielleicht wiederholt diese schöne Frau ihren nächtlichen Ausflug wieder."

„Es ist wohl keine Frau hier aus dem Schloss gewesen", überlegte Adelaide. „Niemand hat so schönes langes Haar. Oder es war eine Perücke. Die einzige, die ich kenne mit einer ähnlichen Haarfarbe ist Greta, aber sie trägt eine kürzere Frisur."

„Gretas Haar ist eher tizianrot", entgegnete ich, „während die Locken der unbekannten Venus in rötlich blondem Ton schimmerten. Am besten schauen wir uns morgen einmal die Filme aus der Überwachungskamera an. Vermutlich ist die Dame hereingekommen, als die Konzertgäste heute das Schlossgelände verließen."

„Ich denke, morgen Abend werden wir uns um die Plätze an den Schlossfenstern reißen", scherzte Jacques. „Vermutlich werden wir alle mit gezückten Handys warten."

„Wie kommt diese junge Frau nur auf eine solche Idee", überlegte Justin. „Ein Scherz? Ja, vielleicht. Aber vielleicht weiß diese junge Frau wirklich mehr über den Diebstahl?"

Jacques schüttelte energisch den Kopf. „Das glaube ich nicht. Wer etwas wüsste, der würde sofort zur Polizei oder mindestens zu Moro gehen. Denn schließlich ist es doch wichtig, dass diese Figur so bald wie möglich gefunden wird, damit sie nicht irgendwo weithin verscherbelt wird, wo man sie niemals mehr wiederfindet."

Es klopfte und Bernhard trat herein. „Ich habe den Garten abgesucht, soweit das im Dunkeln überhaupt möglich ist. Tatsächlich konnte ich

Fußspuren erkennen, und zwar hinter dem Brunnen. Von dort aus muss es die schöne Unbekannte nämlich dann recht eilig gehabt haben und hat nicht mehr auf ihre Schritte aufgepasst. Natürlich könnten wir sie jetzt mit einem Suchhund verfolgen und vielleicht sogar finden. Und eine DNA-Spur gäbe es dort hinter dem Brunnen bestimmt auch. Aber damit können wir jetzt unserem guten Kommissar Niklas nicht kommen, für eine nackte Venus holt er bestimmt nicht die KTU."

Alle lachten. „Nein, dafür kommt er sicherlich nicht hierher", bestätigte ich seine Vermutung. „Es bleibt uns also nichts anderes übrig, als die Sache im Auge zu halten oder abzuwarten, wer sich zu dieser Sache bekennt."

Eine ganze Weile diskutierten wir noch, um dem Rätsel auf die Spur zu kommen, doch wir fanden keine nähere Erklärung dazu.

***

Beim gemeinsamen Frühstück am anderen Morgen nahmen wir jedoch das Thema wieder auf. Keira sah Helene und Amy aufmerksam an. „Schöne schmale Figuren haben diese beiden ja, mit einer Perücke könnte es schon eine von ihnen gewesen sein. Aber, ihr Lieben, ich finde leider noch kein Motiv für dieses nächtliche Unternehmen. Kann mir da einer von euch beiden vielleicht weiterhelfen?"

„Ich habe bereits geschlafen, verkündete Amy. „Und Abigail und die Rossinis wissen von mir, dass ich eher der modernere Typ bin, der das Stilisierte und Symbolhafte mag. Und am späten Abend wäre es mir bestimmt auch draußen in solch dünner Verkleidung zu kühl gewesen. Ihr könnt aber auch gern mein Zimmer untersuchen, ich besitze keine blonde Perücke."

Helene protestierte ebenfalls. „Gestern Abend habe ich einen schönen, schmalzigen Liebesfilm gesehen, um ein bisschen heulen zu können. Da hätte ich keine schöne Venus abgegeben. Aber du, Keira, du hast selbst eine schlanke Figur, du könntest es selbst gewesen sein. Gib es zu, du wolltest ein bisschen Verwirrung verbreiten. Das kannst du doch auch sonst gut mit deinen schauspielerischen Talenten."

Keiras Gesicht spiegelte Abwehr. „Was soll ich denn im Dunkeln nachts draußen?! Ich hatte gestern einen langen Tag und war froh, mich später auf der Couch ausruhen zu können. Vielleicht hast du vergessen, dass ich in einer Bäckerei arbeite, um mein Studium zu finanzieren. Wenn man da so ein paar Stunden auf den Füssen steht, ist man froh. sie abends hochlegen zu können."

Helene kicherte. „Dagegen hilft aber auch ein kühles Bad im Brunnen."

„Adelaide hat mir angeboten, dass ich das schöne Bad mit dem Whirlpool im Keller benutzen darf. Seit einiger Zeit heißt es auch das „Römische Bad". Das ist ein bisschen komfortabler und lockt mich weit mehr."

Dagegen wusste Helene nun nichts mehr zu sagen und wandte sich an Amy. „Und wie steht es mit dir, wo wir schon einmal dabei sind. Ist es bei euch in Amerika vielleicht üblich, nachts in historische Brunnen zu steigen?"

Amy grinste. „In Hollywood schon. Wir können ja einmal die Filme aufzählen, in denen sich die Diven im Mondlicht badeten. Manchmal sogar mit ihren Verehrern. Aber außerhalb der Filmstadt ist es eher eine Seltenheit. Ich persönlich würde mir dazu eher eine

Sommernacht aussuchen, die Maiennächte sind mir noch zu kühl."

„Dann können wir diese Verdächtigungen ja ausschließen", fand Adelaide. „Ich hatte euch sowieso nicht im Visier. Es kennt doch schließlich keiner von euch Geheimtüren nach draußen, die wir nicht kennen. Und ich glaube, selbst Moro und ich kennen hier noch nicht jeden verborgenen Winkel im alten Schloss. Ich denke, es war einfach jemand von draußen, der sich gestern Abend eingeschlichen hat, als die Konzertgäste das Gelände verließen. Ich habe allerdings Niklas schon Bescheid gegeben, dass er in dieser Sache noch nichts unternehmen möchte. Schließlich wollen wir das erst einmal hier für uns untersuchen. Moro und ich, wir sehen in diesem Bad keine große Straftat, nicht einmal eine nächtliche Ruhestörung. Denn diese entzückende Venus hat sehr leise gebadet."

Jacques meldete sich zu Wort. „Wir Studenten sind jedenfalls heute Abend auf dem Balkon verabredet, gewappnet mit Ferngläsern. Ich habe sogar ein Nachtsichtgerät, damit uns die Schöne nicht entgehen kann."

Nach dem Frühstück erkundigte sich Moro über meine Pläne.

„Ich bin gleich mit dem Versicherungsvertreter verabredet, mit Herrn Fritz. Mit ihm werde ich ein bisschen über die Kunstschätze plaudern, er geht mir einfach nicht aus dem Sinn. Danach besuche ich noch einmal den Professor Münsterländer im Gutshof. Jasmin hat mir eben mitgeteilt, dass er dort noch Gast ist. Tja, und natürlich hoffe ich auf eine baldige Antwort von Monsieur Petit, der momentan immer noch ein

Hauptverdächtiger ist. Vorsichtshalber habe ich schon einmal eine Reisetasche gepackt, falls es da jetzt zu näheren Kontakten kommt."

Moro lobte mich. „Du denkst wirklich an alles, Abigail. Hast du denn immer noch Urlaub?"

„Ich kann zum Glück meine Arbeit für Wieland überall mit dem Laptop machen. Das ist der Vorteil in einem journalistischen Beruf. Und unsere Hochzeitsreise fiel auch nicht so lang aus, weil Ermanno wegen der Exkursion mit seinen Kunststudenten wieder zurück musste. Ein kurzer Trip nach Frankreich ist schon drin, wenn es darum geht, einen Kunstdieb dingfest zu machen. Glücklicherweise haben wir dort im Süden schon einige Freunde, die uns behilflich sein können. Vielleicht könnte ich sogar dort im Weingut wohnen, dass dem jungen Grafen von Thaisenau gehört."

„Das ist eine gute Idee", fand der Künstler. „Das Weingut liegt sehr nahe am Wohnsitz von Monsieur Petit. Seine Werft befindet sich zwar in Nizza, aber seine Villa liegt in der Provence."

„Genau das habe ich herausgefunden", freute ich mich. „Die Thaisenaus waren von jeher so hilfsbereit, ich erinnere mich an den Fall mit Mona und Kurti, wo es um das verschwundene Buch ging und ebenfalls um das Dokument mit der Unterschrift des alten Bürgermeisters Karl Hammer."

Rossini lächelte. „Es ist wirklich gut, dass du dem Kommissar hilfreich zur Seite stehen kannst. Für all diese verdeckten Ermittlungen bis hin ins Ausland hätte er da keine Zeit. Natürlich haben wir heutzutage auch das Internet. Aber die persönlichen Kontakte bringen häufig mehr, da merkt man, wen man vor sich hat."

„Das bringt mich gerade auf eine Idee. Könnte die nächtliche Venus nicht Teresa gewesen sein? Ihr traue ich ein solches Bad im Brunnen schon zu. Allerdings habe ich sie von der Figur her nicht ganz so groß in Erinnerung."

„Nein, das ist nicht möglich. Obwohl ich ihr das generell auch zutraue, dieser kapriziösen Person, hat sie ein ganz festes Alibi. Sie befindet sich noch in der Maschine von Catania hierher, und Bernhard ist bereits zum Flugplatz gefahren, um sie von dort abzuholen. Adelaide hatte nämlich heute Morgen eine ähnliche Vermutung und früh schon mit ihr telefoniert. Da konnten wir aber eindeutig sehen, dass sie sich noch in Italien befand."

„Schade! Es hätte wirklich gut zu ihr gepasst. Dann scheint es noch mehr Menschen zu geben, die auf solch kuriose Ideen kommen. Was denkst du? Glaubst du, dass es sich um einen Scherz handelt?"

Der Schlossherr sah nachdenklich aus. „Es ist schon ein komischer Zufall, dass sich diese Sache gerade jetzt ereignet, nachdem die Skulptur gestohlen wurde. Ich tendiere , zu glauben, dass da noch mehr dahinter steckt. Ich frage dich einmal, Abigail, du kennst doch viele Frauen. Kann sich jemand durch den Diebstahl einer Venusskulptur dazu angeregt fühlen, selbst eine Venus spielen zu wollen?"

Ich rollte die Augen. „Oh weh! Das ist aber eine Frage! Ich habe keine Ambitionen zu einem nächtlichen Bad, jedenfalls nicht in der Öffentlichkeit. Aber ich nehme an, dass diese Badende Venus wusste, dass wir uns auf dem Balkon befanden. Wir haben uns dort laut unterhalten. Was natürlich immer noch keine

Antwort auf deine Frage ist. Ja, doch wenn ich an Teresa denke, sie würde vielleicht auch erst mal die Pose einer Skulptur selbst ausprobieren, bevor sie sie modelliert. Aber gehen wir doch einmal von einer ganz normalen Frau aus. Auch da ist es möglich, dass jetzt nach dem Diebstahl irgendjemand auch einmal Venus spielen möchte. Es gibt halt Frauen, die gerne tanzen, gerne Theaterspielen, sich gerne einmal präsentieren. Schau dir einmal die Models auf dem Laufsteg an, wie sie da, auch manchmal ziemlich unbekleidet herumhüpfen. Und denk einmal an das Ballett oder andere Tanzvereine, zum Karneval beispielsweise! Wir können also im Augenblick noch nichts ausschließen."

Moro nickte „Gut. Es ist ja auch nichts Schlimmes geschehen. Wir müssen einfach abwarten, bis diese Dame wieder auftaucht, und dann stellen wir sie zur Rede."

„Fein", freute ich mich. „Dann werde ich jetzt erst einmal zu Theo gehen und nachhören, ob er etwas Neues weiß."

Er bedankte sich bei mir und wünschte mir viel Erfolg für meine weiteren Recherchen.

Auf dem Weg zu Herrn Fritz nahm ich wahr, dass sich die Düfte des Frühlings immer intensiver ausbreiteten. Der fruchtige Duft des ersten Jasmins vermischte sich mit der blumigen Süße des letzten Flieders. In den Vorgärten blühte es bunt und vielseitig wie in einem Gartenkatalog.

Einen Augenblick lang stellte ich mir vor, mit Ermanno zum Blumenviertel zu spazieren, weit hinunter bis zu den Obstbäumen, die jetzt in fortgeschrittener Blüte standen.

Doch schon als ich das Mehrfamilienhaus erblickte, in dem der Versicherungsvertreter die kleine Wohnung gemietet hatte, verschwand das Bild meines Liebsten in einem dunklen Nebel.

Galant hielt mir Theo die Tür auf, höflich begrüßte er mich und begleitete mich in das winzige Wohnzimmer.

„Was für ein Tag!" rief er theatralisch. „Ich bekomme nicht jeden Morgen den Besuch einer so schönen Frau!"

Nein, er hatte wirklich kein Talent, liebenswerte Komplimente vorzubringen. Ich hatte gute Lust, ihm zu sagen, er könne einmal bei Ermanno in die Lehre gehen und sich ein Beispiel nehmen, wie man charmante Dinge sagt.

Aber ich wollte es mir mit ihm nicht verderben. Bestenfalls konnte er mir vielleicht ein paar

Auskünfte geben und schlimmstenfalls wollte ich ihn als Täter entlarven.

Immerhin kannte ich ihn inzwischen so gut, dass ich mich traute, ein stilles Wasser bei ihm zu trinken.

Er sah mich erwartungsvoll an. „Aber du kommst sicherlich nicht, um mich privat zu besuchen?! Du hattest etwas von dem Diebstahl erwähnt, von der Badenden Venus. Hat dir Moro nicht verraten, für welche Summe sie versichert ist?"

„Oh doch! Natürlich!" schwindelte ich. „Und ich denke, da gibt es von Seiten der Versicherung aus auch bestimmt keine Probleme."

„Die wird es nicht geben", versicherte mir Theo. „Rossini erhält diese Summe selbstverständlich. Dafür ist unsere Versicherung da. Aber wir haben natürlich auch unsere verdeckten Ermittler, die nach Möglichkeit dafür sorgen, die gestohlenen

Gegenstände wiederzufinden. Leider ist diese Skulptur nicht sehr groß. Man kann sie in jedem Koffer abtransportieren. Das macht natürlich die Sache für uns schwerer."

Ich stellte mich dumm. „Wieso?" fragte ich naiv, um ihn ein bisschen zu provozieren.

„Man kann sie leicht von einem Ort zum anderen bewegen. Der Dieb kann sie als Gepäck oder in einem größeren Paket an einen anderen Ort befördert haben."

„Werdet ihr jetzt die Kunstsammler in Augenschein nehmen? Viele Personen, mit denen ich gesprochen habe, glauben, dass jemand seine Venussammlung komplettieren möchte. Das dürfte doch dann nicht so schwer sein. Ihr erkundigt euch einfach in Kunsthäusern, wer da schon einmal ein paar teure Artikel in Form einer Venus erworben hat. Möglicherweise auch ersteigert hat. Bei teuren Käufen werden doch auch häufig die Personalien hinterlegt."

„Das würde uns nicht weiterführen, Abigail. Vielleicht hat dieser Dieb auch gar kein Geld und hat sich eine Venussammlung zusammengestohlen. Nein, da müssen wir schon andere Wege gehen."

„Verrätst du mir etwas davon?"

„Tut mir leid, liebe Abigail! Wenn du jetzt von mir verlangst, dass ich einen Tango mit dir tanze, bin ich sofort dazu bereit. Aber das ist nun wirklich ein Berufsgeheimnis. Darüber kann ich dir nichts verraten."

„Willst du mir auch nicht verraten, ob ihr jemanden in Verdacht habt?"

„Natürlich kann ich dir keine Namen nennen. Aber es gibt da eine Bande, die bisher schon sehr erfolgreich Bilder und Skulpturen gestohlen und verhökert hat. Dummerweise konnten wir ihnen bis jetzt noch nichts nachweisen. Aber wir sind ihnen auf den Fersen."

„So so, eine Bande. Aber wie sind die denn da in den Turm hineingekommen. Da sind doch überall Videokameras."

„Die haben einen Trick. Mit einem Sensor machen sie die Kameras ausfindig und blenden sie mit speziellen Laserlampen, sodass die Filme später unbrauchbar sind, weil man nichts darauf erkennen kann."

Ich staunte. Wusste Theo denn nicht, dass die Täter zu einer versteckten Geheimtür hereingekommen sein mussten? Hatte Moro ihm nichts davon erzählt?

„Aha. Und jetzt sind die Videofilme ausgewertet? Und da gibt es unbrauchbare Stellen?"

„Das vermuten wir. Aber die Polizei ist noch nicht mit ihren Untersuchungen fertig. Im Augenblick sind alle Filme noch bei der Polizei, die suchen natürlich zuerst einmal alles nach Spuren ab und haben sehr gute Untersuchungsmethoden. Wenn die fertig sind, bekommen wir das Material und natürlich auch die Untersuchungsergebnisse der Polizei. So habe ich es jedenfalls gehört. Damit habe ich zum Glück nichts zu tun."

Ob er sich da nicht täuschte? Gab die Polizei dieses Material wirklich aus der Hand? Vermutlich hatte er tatsächlich damit nichts zu tun und war als Versicherungsvertreter lediglich damit beschäftigt seinen Kundenstamm zu betreuen und neue zu akquirieren.

„Und wie denkst du persönlich darüber, Theo?"

„Müssen wir uns tatsächlich jetzt darüber unterhalten? Es gibt bestimmt interessantere Themen, bei denen wir uns austauschen können", schlug er mir vor.

Ich seufzte. „Ja, weißt du, ich würde ja ganz gern das Thema abhaken, aber es geht mir einfach nicht aus dem Kopf heraus. Der arme Moro tut mir so leid, und seine Adelaide auch. Es geht ihnen doch nicht ums Geld. Die Kunstwerke der Künstler liegen ihnen am Herzen wie Kinder, habe ich gehört. Und Moro ist doch nun wahrhaftig schon genug gestraft, dadurch dass es ihm gesundheitlich nicht mehr so gut geht. Ich würde ihm liebend gern eine Freude machen und ihm diese Skulptur wieder bringen."

Theo sah mich ungläubig an. „Rossini soll traurig sein? Aber er hat für heute Abend zu einer Gartenparty Gott und die Welt eingeladen. Mich übrigens auch. Das sieht mir nicht nach einer Depression aus."

„Davon weiß ich gar nichts. Wann hat er dir das gesagt?"

„Vor etwa fünf Minuten, kurz bevor du kamst."

Was führte Moro jetzt im Schilde? Sicher hatte er sich dabei etwas gedacht. Er hatte also auch Theo nicht ganz aus dem Kreis der Verdächtigen ausgeschlossen, oder welche Gedanken hatten ihn zu der Einladung bewegt?

„Na ja, damit feiert er bestimmt nicht das Verschwinden der Badenden Venus, da bin ich ganz sicher. Vielleicht brauchte nur ein bisschen Abwechslung, damit er seinen Kummer für eine kurze Zeit lang etwas vergessen kann."

„Mit dieser Versicherungssumme hätten viele Menschen keinen Kummer mehr. Ein ganz verrückter Typ von der Hauptstelle hatte mich gefragt, ob ich Rossini traue. Ob er nicht vielleicht auf das Geld scharf war und seine Venus selbst verscherbelt oder in den Mülleimer geworfen hat."

„Ich hoffe, du hast ihm die Meinung gegeigt", sagte ich empört. „Rossini ist weder ein Materialist noch ein Dieb. Vergiss nicht, dass er früher sogar einmal selbst bei der Polizei war, als Carabiniere und später in der Politik einen Posten hatte."

„Das wäre für meine Hauptstelle kein Argument. Auch bei der Polizei und in der Politik hat es immer mal wieder Kriminelle gegeben, das schützt ihn nicht vor Verdächtigungen. Aber ich kenne ihn tatsächlich schon seit einigen Jahren und habe berufsbedingt eine gute Menschenkenntnis. So konnte ich tatsächlich für Moro Partei ergreifen und meinem Vorgesetzten verständlich machen, dass sie erst einmal an anderer Stelle suchen sollen."

Ich atmete erleichtert auf. „Das hast du richtig gemacht. Allein diese Aufregung einer Verdächtigung hätte für Rossini und seine Frau gesundheitsschädlich sein können. Und wenn irgendjemand den beiden etwas will, dann schicke denjenigen bitte zuerst zu mir!"

Er lächelte, und dieses Lächeln machte ihn für eine Sekunde lang sogar sympathisch. „Wie sehr du dich ereifern kannst. Du bist richtig sexy, wenn du dich so aufregst."

Meine Sympathie verschwand sofort wieder. „Wie geht es eigentlich Nora, deiner netten Nachbarin?"

„Es geht ihr gut. Aber du weißt doch, dass wir nur Freunde sind. Ihre Tochter mag mich nicht, das ist das Problem."

Das wundert mich nicht, dachte ich bei mir, aber wieder fiel mir rechtzeitig ein, dass ich es mir mit ihm nicht verderben wollte, um weiter recherchieren zu können.

Ich bedankte mich bei ihm für das Wasser und seine Gastfreundschaft und erhob mich zu seinem Bedauern ohne nähere Erklärungen.

„Hast du nicht noch etwas Zeit? Es ist wirklich interessant, mit dir zu plaudern."

„Ein andermal, Theo. Jetzt muss ich mich noch um eine wichtige Angelegenheit kümmern."

Widerwillig begleitete er mich zur Tür, wo er dann im letzten Moment doch noch seinen Charme wiederfand und mir einige plumpe Komplimente machte.

Ich verabschiedete mich kurz und eilte davon.

Beim Gutshof traf ich Jasmin, die im Vorgarten Unkraut zupfte. Sie unterbrach ihre Arbeit und zog die Handschuhe aus und umarmte mich. „Ich habe keine gute Nachricht für dich Abigail", teilte sie mir nach der Begrüßung mit. „Der Professor Münsterländer ist gerade nicht hier, und er lässt sich entschuldigen. Der Bürgermeister hatte nämlich gerade Zeit, ihn durch das alte Rathaus zu führen und ihm dort alle historischen Vermächtnisse zu zeigen. Da wollte er der Höflichkeit halber nicht Nein sagen und hofft, dass du ihm deswegen jetzt nicht böse bist."

„Wenn er nicht absichtlich vor mir geflohen ist, kann ich ihm verzeihen", scherzte ich. „Eine Führung von Bürgermeister Schneider persönlich darf man natürlich nicht ausschlagen. Hast du irgendetwas Verdächtiges an ihm bemerkt? Wie verhält er sich denn so? Ist er unruhig und nervös oder ruhig und gelassen?"

„Du hältst ihn immer noch für verdächtig, Abigail?"

„Er interessiert sich für Antiquitäten und war zu der fraglichen Zeit in Sankt Augustine, ich kann ihn noch nicht aus dem Kreis der Verdächtigen entlassen. Findest du ihn denn so sympathisch?"

„Er macht sich hier nützlich auf dem Gutshof und hilft an allen Ecken und Enden. Das können wir natürlich wahnsinnig gut gebrauchen. Hier helfen ja alle mit, die hier wohnen, Clemens und Maria, ja selbst Niklas, wenn er gerade mal keinen Dienst hat. Dafür verwöhnen wir ihn natürlich auch ein bisschen mit allem, was es hier auf dem Gut zu genießen gibt. Er mag das frische Brot, die Eier von den frei laufenden Hühnern, und natürlich auch unser Obst und Gemüse."

„Das hört sich wirklich für euch sehr angenehm an", fand ich. „Aber es könnte natürlich auch von ihm beabsichtigt sein. Ist er denn abends allein in seinem Zimmer oder trefft ihr euch dann mit ihm im Gemeinschaftsraum?"

„Wir treffen uns oft mit ihm im Gemeinschaftsraum, damit er nicht so allein ist. Ich glaube, er hat sich ein bisschen in Senta verliebt. Aber es ist doch auch ein Altersunterschied zwischen den beiden, ich weiß nicht, ob das gut gehen könnte."

„Bei Clemens und Maria klappt es doch auch", tröstete ich sie. „Mach dir da nicht allzu viele Gedanken. Solange es die beiden gut finden, ist doch alles in Ordnung."

Wir setzten uns auf die Bank neben der Haustür und ich erzählte ihr unter dem Siegel der Verschwiegenheit das Ereignis des gestrigen Abends, als uns die Badende Venus erschienen war.

„Und ihr habt gar keinen Anhaltspunkt, wer das gewesen sein kann?" fragte sie mich erstaunt.

„Absolut nicht. Carla kann es nicht gewesen sein, sie war zu der Zeit mit Bernhard im Konzertraum, und sie ist auch etwas molliger von der Figur. Und die drei Kunststudentinnen Keira, Helene und Amy, die sehr schlank sind, haben alle keine rotblonden langen Locken und waren zu der Zeit schon in ihren Zimmern im Seitentrakt des Schlosses. Es muss jemand in den Garten gekommen sein, als die Konzertgäste das Terrain verließen."

„Was wollte sie bloß da? Normalerweise könnte man auf die Idee kommen, dass sie sich vor irgendeinem der jungen Studenten präsentieren wollte. Es könnte auch eine Fremde gewesen sein, die immer noch glaubt, Rossini würde in seinem Alter noch schöne Frauen malen oder fotografieren. Aber das, was mich daran stutzig macht, ist, dass eine Frau als Badende Venus in den Brunnen steigt, gerade als die Skulptur der Badenden Venus gestohlen wird. Und sie geht auch noch ausgerechnet in diesen Delphinbrunnen mit dieser berühmten Venus auf der Rückseite des Spiegels. Das alles ist doch kein Zufall. Es muss eine tiefere Bedeutung haben."

„Das vermute ich auch, aber soviel ich überlege, bekomme ich doch immer noch keine zündende Idee."

Jasmin sah mich entschlossen an. „Gut, auch wenn du jetzt dabei nicht weiterkommst, wir beide gehen jetzt erst einmal in Münsterländers Zimmer und schauen uns um nach verdächtigen Indizien."

„Nein, Jasmin", versuchte ich sie zu beschwichtigen. „Das dürfen wir doch nicht. Wir können doch nicht einfach sein Zimmer untersuchen."

Jasmin lächelte verschmitzt. „Aber natürlich dürfen wir das. Ich betreibe hier diese Pension, ich beziehe die Betten und wechsele die Wäsche, und ich reinige auch die Zimmer täglich. Deswegen darf ich zu diesem Zweck auch den Raum betreten, und deswegen werde ich mir jetzt auch einen Staubwedel mitnehmen und damit in seinem Zimmer arbeiten. Du kannst dich in der Zeit umschauen, denn ich nehme dich ganz offiziell als meine Hilfe mit."

„Das nimmt er uns nie ab. Dir vielleicht schon, aber mir wird er nicht glauben, dass ich mich dort zum Saubermachen aufhalte."

„Nun komm schon!" forderte sie mich auf. „Die Führung im Rathaus dauert bestimmt noch länger, und ich wette darauf, dass ihn Schneider hinterher noch zu einem gemütlichen Mittagessen in den historischen Gasthof „Zur Traube" einlädt.""

Etwas widerwillig folgte ich ihr. „Na gut, ab und zu wende ich diesen Spruch auch an: Der Zweck heiligt die Mittel.""

Jasmin führte mich in das Zimmer des Professors. Ich sah, dass sie bereits dort das Bett gemacht und den Raum sowie die Mülleimer gesäubert hatte. Eifrig machte sie sich mit dem Staubwedel zu schaffen, während ich mich im Zimmer umsah. Dabei bemühte ich mich, auf Geräusche zu achten, um beim eventuellen Auftauchen des Herrn Münsterländers eilig die Flucht zu ergreifen.

Ich entdeckte auf dem Nachttisch die Figur einer Fee, die sehr graziös und anmutig zu tanzen schien. Ihr Gesicht kam mir bekannt vor.

„Ha!" machte ich und rollte die Augen. „Jetzt fällt es mir wieder ein. „Sie hat das Gesicht der gemalten Fee von Sophie Gengembre Anderson. Das hat mich immer schon so fasziniert. Und sie hat genau so langes lockiges Haar wie die Venus im Schlosspark. Da fällt mir auch ein, dass ich noch andere Bilder dieser Malerin kenne. Sophie malte viele Frauen mit rötlichen langen Locken. Das kann doch kein Zufall sein. Gehört die Figur dem Professor?"

Jasmin sah mich verständnislos an. „Ja, er hat sie dorthin gestellt. Ich verstehe den Zusammenhang nicht. Münsterländer besitzt hier eine Skulptur, die aussieht wie die Venus im Park, und möglicherweise auch wie die, die in der vergangenen Nacht in den Brunnen gestiegen ist.

Aber wo besteht der Zusammenhang zwischen der Figur hier und der gestohlenen Skulptur, der Badenden Venus. Soviel ich weiß ist die von Rossini nicht bunt, sondern einheitlich weiß und hat moderne Formen, auch ganz ohne Gesicht. Dass er ein Faible für Kunstschätze hat, dieser Professor, das wissen wir, und das hat mich ja auch stutzig gemacht. Aber wie passt da jetzt die junge Frau hinein, die ihr heute Nacht gesehen habt?"

Ich überlegte. „Ich kann mir den Zusammenhang auch noch nicht erklären. Ich konstatiere nur die Gemeinsamkeiten, und die sind eben einfach da. Vielleicht hat der Professor die Badende Venus nicht selbst gestohlen, sondern eine Komplizin dabei gehabt, eine schöne junge Frau."

Jasmins Augen leuchteten. „Das ist es, der alternde Professor hat eine junge Geliebte. Sie sieht aus wie die Venus in eurem Brunnen, die, die der französische Maler gemalt hat. Und der gute Herr Münsterländer ist so verliebt, dass er von heute an alle Venusfiguren sammelt, die er findet, und die schenkt er dann seine Geliebten."

„Aber ich denke, er schwärmt für Senta? Und ob eine so junge Geliebte Spaß an antiken Skulpturen hat, so generell möchte ich das bezweifeln."

„Vielleicht schwärmt sie für alte Filme, in denen die schönen Frauen auch immer in den alten Brunnen baden gehen. Oder sie ist stolz darauf, diesen Frauen auf den alten Gemälden ähnlich zu sehen und ist jetzt ganz in diese Rolle schon hineingeschlüpft. Sie selbst fühlt sich als die Badende Venus", fantasierte Jasmin.

Ich überlegte. „Der Film, die Badende Venus ist schon ziemlich alt. Ich habe ihn selbst noch nie gesehen, nur davon gehört. Sehr berühmt ist allerdings der Film, in dem Anita Eckberg die große Hauptrolle spielt, gemeinsam mit Marcello Mastroianni. Das Bad im römischen Trevibrunnen ist Geschichte geworden. Das könnte auch Frauen von heute inspirieren. Ich muss diesem Professor doch noch einmal näher auf den Zahn fühlen. Lass uns wieder hinuntergehen, ich werde hier bei dir auf ihn warten."

„Genügt dir denn diese Ausbeute schon?" erkundigte sie sich verwundert.

„Ja, wenn du mir erlaubst, dass ich ihm mitteile, du hättest beim Staubwischen diese Figur auf seinem Nachttisch entdeckt. Daran kann ich dann geschickt anknüpfen, ohne dass er etwas merkt."

Jasmin war damit einverstanden und führte mich zurück bis zum Gemeinschaftsraum, wo wir bei einem Glas Wasser auf den Professor warteten.

Wir hatten Glück gehabt, denn er kam schon wenige Minuten später und begrüßte uns mit einem zufriedenen Lächeln.

„Was für ein Tag! Ich habe wieder Informationen und Eindrücke gesammelt, die meine Seele erfreuen können! Aber hier auf dem Gutshof ist es ja auch wunderschön, hier empfängt einen die Natur mit so viel frühlingshaftem Liebreiz, " kommentierte er seine Eindrücke.

„Ich gehe mal gerade in die Küche", entschuldigte sich Jasmin und zwinkerte mir zu.

„Darf ich sie einmal etwas fragen, Herr Professor?" wandte ich mich an den erfreut lächelnden Mann.

„Aber natürlich gern! Fragen Sie nur ganz offen!" meinte er überschwänglich.

Waren das nun wirklich nur die Eindrücke und die frühlingshafte Natur gewesen? Hatte er ein Treffen mit einer Geliebten gehabt oder vielleicht auch nur Senta gesehen? Ich merkte, dass mich Jasmin mit ihren Gedankengängen angesteckt hatte, die Blumen ihrer Fantasie begannen auch bei mir ihre Blüten zu öffnen.

„Meine Freundin Jasmin hat beim Säubern Ihres Zimmers eine wunderschöne Figur gesehen. Und sie glaubt, es könnte eine Elfe sein. Das ist nun mein Spezialgebiet, dafür schwärme ich, wie im Augenblick alle kleinen Mädchen in dieser Zeit. Dürfte ich sie mir vielleicht auch einmal ansehen, ich meine, vielleicht haben Sie ja ein Foto auf Ihrem Handy."

Er stutzte. „Ach so, Sie meinen die kleine Fee! Ja, da habe ich ein besonderes Glück gehabt. Ich habe sie in Frankreich in einem kleinen Dorf erstanden, das war bei meiner letzten Reise in den Süden. Der Künstler hat sie nach einem berühmten Gemälde entworfen, ich entsinne mich noch, er hieß Robert Gabin. Er war ganz einfach genial und ich habe einen akzeptablen Preis dafür bezahlt. Ist sie nicht entzückend, diese kleine Fee?"

Er hielt mir sein Handy hin, auf dem ein Foto der kleinen Skulptur abgebildet war.

Ich tat so, als sähe ich es zum ersten Mal und betrachtete das Bild eine Weile.

„Unglaublich schön", kommentierte ich den Anblick. „Der Gesichtsausdruck kommt mir irgendwie bekannt vor. Kann es sein, dass es sich um ein Bild von Sophie Gengembre Anderson handelt?"

Er sah mich ungläubig staunend an. „Das kennen Sie? Ja, dieser Künstler, dieser Robert, kann wirklich Unglaubliches erschaffen. Ich nehme diese Skulptur auf jede meiner Reisen mit, nicht nur, weil ich sie auf einer Reise erworben habe, sondern weil ich mir vorstelle, dass sie einen kleinen Schutzengel symbolisiert. Das Gesichtchen ist so unschuldig wie das eines Engels."

Ich nickte. „Sie sieht aus wie auf dem Gemälde der Anderson, auf dem die junge Frau ihre Haare fixiert. Ich erinnere mich, ich glaube, sie beginnt gerade, einen Zopf zu flechten aus ihren prachtvollen rötlichblonden Locken. Und diesen Namen trägt das Bild auch. Diese Künstlerin versucht, der Welt viel liebliche Schönheit zu schenken."

„Das hat sie auch manchmal nötig", fand er. Der graue Alltag umfasst uns oft genug mit seinen rauen Aufgaben."

„Könnten Sie mir auch die Adresse des Künstlers geben? Es kann sein, dass ich bald nach Frankreich fahre, einen kleinen Trip dorthin mache. Diesen Künstler würde ich gern kennenlernen."

„Kein Problem. Das ist ein kleines Dorf in der Provence, liegt ganz versteckt, und er wohnt in einem alten idyllischen Haus aus Naturstein, umgeben von der unverfälschten Natur. Das ist ein kleines Paradies, in dem man sehr inspiriert werden kann, glaube ich."

Ich freute mich. „Das wäre nett, wenn Sie mir die Adresse gelegentlich auf mein Handy sendeten.

Und wie gefällt es Ihnen jetzt hier in Sankt Augustine? Ich meine, außer dem Rathaus, dass Sie nun bereits kennen? Wie steht es mit der Einladung für eine Führung im Park des Schlosses?"

„Das könnten wir gern morgen Nachmittag in Angriff nehmen", überlegte er. „Heute bin ich nämlich schon vergeben."

Ich lächelte. „Das hört sich schon geheimnisvoll an. Dann darf ich sicher nicht erfahren, was sie tun werden und mit wem?"

„Oh doch, das dürfen Sie. Senta, die eine Schwester der Zwillinge hier wird mich durch den Märchenpark führen. Sie hilft dort ab und zu einmal an der Kasse aus und hat natürlich Freikarten für uns. Und sie hat mir versichert, dass dieser Märchenpark, im Gegensatz zu vielen anderen auf der Welt, überhaupt nichts kitschig ist."

„Da kann ich Ihnen nur zustimmen. Was da steht, sind alles Kunstwerke, von namhaften Bildhauern, Malern und Bühnenbildnern erschaffen. Märchenszenen in künstlerischer Ausführung. Aber auch der kleine Park ist sehenswert mit den Schwänen ganz hinten am Weiher und der kleinen Seejungfrau. Ich bin einmal gespannt, was Sie hinterher darüber zu mir sagen."

„Ich werde Ihnen morgen Nachmittag darüber berichten, Frau Mühlberg. Besuchen Sie in Frankreich Bekannte oder haben Sie geschäftlich dort zu tun. Schreiben Sie wieder über irgendeinen Künstler etwas?"

„Im Moment sammele ich Fakten. Aber Sie haben Recht, ich verbinde auch dieses Mal das

Geschäftliche mit einem privaten Besuch. Moro Rossini hat nämlich vor Jahren dieses Schloss von einem alten Grafen von Thaisenau gekauft. Sein Sohn hat es geerbt, konnte aber nichts damit anfangen, weil er in Südfrankreich ein großes Weingut besitzt."

„Ich kenne Südfrankreich recht gut", teilte er mir mit. „Aber von diesem Weingut habe ich noch nichts gesehen. Das muss ich mir für das nächste Mal merken, ich kenne nämlich in diesem südlichen Streifen fast jedes kleine Dorf. Jeden Urlaub habe ich dort verbracht."

Plötzlich schien es nur noch Frankreich zu geben. Kannte denn jeder Südfrankreich? Oder häuften sich jetzt die Zufälle?

„Haben Sie schon einmal etwas von dem Milliardär Petit gehört, der bei Nizza lebt?"

„Ja natürlich. Das gehört doch zur Allgemeinbildung. Aber er hat nur seine Werft in Nizza, er wohnt auf einem Gut in der Provence. Dort habe ich ihn auch kennengelernt, denn für Yachten interessiere ich mich wirklich nicht."

„Sie kennen ihn persönlich?"

„Er ist ein sehr angenehmer Mensch, überhaupt nicht überheblich, und man merkt ihm das viele Geld auch gar nicht an. Er interessiert sich auch für Kunst und ist sehr gebildet. Er gibt auch Unsummen für Kunstgegenstände aus, aber das ist ein Segen für die Künstler, die sonst brotlos wären, und er fördert auch die, die er aus der Region kennt."

„Fördert er auch Robert?"

„Das ist eine andere Geschichte. Roberts Mutter war nämlich einmal früher die Freundin von Monsieur Petit. Später hat sie sich dann für

Roberts Vater entschieden Deswegen sind sich diese beiden Familien nicht grün. Vermutlich erinnert ihn der Sohn immer an die verlorene Geliebte."

Meine Mundwinkel fielen herab. Oh weh! Und ausgerechnet ihm wollte ich die Skulptur „Die Entzweiten" verkaufen. Zwar hatte ich sie umbenannt, und sie trugen nun den Titel „Im Namen der Liebe", aber mein Gewissen meldete sich dennoch. Das war kein gutes Omen, fand ich. Ich musste Rossini unbedingt noch einmal darauf ansprechen, ob es nicht eine andere Skulptur ohne traurige Liebesgeschichte gab.

„Monsieur Petit tut mir leid", bekannte ich. „Ich hoffe, es gibt für ihn doch noch ein Happy End, irgendwie."

Professor Münsterländer atmete tief. „Er hat dann später eine gute Bekannte geheiratet und mehrere

Kinder bekommen. Aber diese Frau ist inzwischen auch schon gestorben und nun lebt er allein und verlässt sich auf die Freude, die ihm seine Kunstsammlung schenkt. Aber er ist auch noch oft in seiner Werft und betätigt sich dort, sehr aktiv ist er noch in seinem Alter. Das hält ihn jung."

„Vielleicht werde ich ihn kennenlernen", orakelte ich. „Und dann schaue ich direkt bei Robert Gabin vorbei."

„Jetzt waren wir die ganze Zeit gedanklich in Frankreich, aber Sie haben mir noch nicht das Wichtigste gesagt: Gibt es etwas Neues von der Badenden Venus?"

Ich betrachtete seinen Gesichtsausdruck genauer.

„Von der Skulptur noch nicht. Aber stellen Sie es sich einmal vor, heute Nacht hatten wir im Park den Besuch von einer jungen schönen Frau, die im Delphinbrunnen gebadet hat."

Er sah mich ungläubig an. „Jetzt machen Sie einen Witz! Das ist wirklich sehr komisch."

„Das ist wirklich kein Witz. Es war eine schöne junge Frau, sehr schlank mit langen rötlich blonden und lockigen Haaren. Sie hatte nur ein Hemdchen an, durchsichtig wie ein Schleier und man konnte ihre wunderschönen Formen sehen. Sie wandelte zum Brunnen hin, ganz graziös, stieg dann hinein und vermutlich auf der anderen Seite wieder hinaus. Später haben wir alles nach ihr abgesucht, aber außer ein paar Fußspuren hinter dem Brunnen nichts von ihr gefunden."

Er schüttelte den Kopf. „Das kann ich jetzt wirklich nicht glauben. Bestimmt erzählen sie mir eine Geschichte, um zu testen, ob ich gutgläubig bin oder nicht."

Ich lächelte. „Nein, bestimmt nicht. Ich habe die Schlossherrin Adelaide Rossini als Zeugin. Wir haben beide diese Frau gesehen und unser Gärtner und Klarinettist Bernhard hat später ihre Fußspuren auf dem Weg gefunden. Wir haben das Geheimnis dieser Erscheinung noch nicht gelöst. Gibt es denn irgendeine Geschichte, die uns einen Hinweis geben könnte?"

Er überlegte. „Ja, wenn das wirklich wahr ist, hat das sicher etwas zu bedeuten. Die Venus ist die Göttin der Liebe und der Schönheit. Aus irgendeinem Grund wollte diese Dame auf sich aufmerksam machen. Aber es ist schon merkwürdig, da ja nun gerade die Skulptur der Badenden Venus gestohlen wurde, könnte diese Erscheinung auch damit im Zusammenhang stehen. Vielleicht weiß sie, wo das Diebesgut ist? Aber vielleicht hat sie das Ganze auch einfach nur inspiriert. Eine Geschichte der alten Göttin Venus fällt mir dazu nicht ein. Gewiss, die griechische Göttin Aphrodite wurde auch in Schaum geboren. Möglicherweise hat diese Frau auch eine Wandlung in Absicht. Vielleicht steht sie vor dem Beginn eines neuen Lebens."

Ich seufzte. „Ja, wir rätseln auch schon die ganze Zeit, aber es ist uns auch nichts Besseres eingefallen. Jetzt wollen wir natürlich heute Abend alle an den Fenstern schauen, ob sich die unbekleidete Schöne wieder sehen lässt. Haben Sie nicht Lust, heute Abend die Rossinis im Schloss zu besuchen?"

„Bedaure! Das tut mir für heute Abend sehr leid. Aber ich hoffe tatsächlich, dass ich Senta nach dem Besuch im Märchenpark noch zu einem Essen im Gasthof „Zur Traube" einladen kann. Deswegen habe ich auch eben dem

Bürgermeister Schneider einen Korb gegeben. Er wollte mich schon zum Mittagessen in diesen historischen Gasthof einladen."

Ich nickte zustimmend. „Ja, das kann ich verstehen. Ich würde auch lieber mit Senta als mit dem Bürgermeister essen gehen."

Jasmin kam herein, und ich schaute auf meine Uhr. „Jetzt habe ich doch tatsächlich hier die ganze Zeit geplaudert, aber es war sehr nett mit Ihnen, Herr Professor! Nun drängt aber die Zeit."

Wir verabschiedeten uns, und Münsterländer versprach mir, die Adresse von Robert auf mein Handy zu senden.

Jasmin brachte mich vor die Haustür und lachte. „Ich wusste gar nicht, dass du auch so geschwollen reden kannst, dann machst du aber mächtigen Eindruck auf den Professor. Er ist

schon ein bisschen altbacken, aber Senta scheint
das zu gefallen."

„Na, ja, ich dachte, er sieht schon so aus wie ein
zerstreuter Professor, da muss ich ihm doch ein
bisschen entgegenkommen. Bis jetzt hat sich der
Verdacht noch nicht erhärtet, dass er die Skulptur
der Venus gestohlen hat. Aber andererseits ist es
schon sehr merkwürdig, dass er in Frankreich
auch den Kunstliebhaber Petit kennt und viel mit
Bildhauern zu tun hat."

Jasmin überlegte. „Ja, weißt du, auf der anderen
Seite ist nun einmal Sankt Augustine ein
historisches Städtchen, mit vielen kleinen
Museen und unzähligen Kostbarkeiten. Überlege
dir einmal wie viele Besucher täglich nach
Dresden reisen, um sich das Grüne Gewölbe mit
all den Kostbarkeiten anzusehen, oder auch nur
die historischen Stätten in der Stadt. Kein

Wunder also, dass wir hier nun auch schon wieder einmal einen Künstler antreffen, der sich für diese Dinge interessiert."

„Du hast Recht, Jasmin. Es ist ja nicht nur das Städtchen, es ist ja unser weltbekannter Künstler Moro Rossini, selbst Maler, Fotograf und Bildhauer, der uns hier mit all seinen Kostbarkeiten beehrt, und der zum Glück auch noch hier lebt. Möge ihn Gott noch recht lange beschützen, damit er mit seiner Adelaide noch viele Jahre glücklich sein kann!"

Sie lächelte. „ So sei es! Ciao Abigail! Also musst du noch weiter recherchieren. Aber ich traue es dir schon zu, dass du wieder einmal alle Fäden hier entwirrst, die momentan noch aussehen wie meine Strickwolle, wenn sie in die Hände unserer Katze geraten ist."

***

Als ich im Schloss ankam, schob sich mir Moro mit seiner Gehhilfe entgegen. „Gut, dass du da bist, Abigail. Ich habe eine Überraschung für dich."

Ich sah ihn mit großen Augen an. „Ist die Badende Venus wieder da? Habt ihr den Dieb gefunden?"

„Nein! Nichts dergleichen. Aber das kommt bestimmt später alles noch. Monsieur Petit hat angerufen. Er möchte die neue Skulptur unbedingt haben. Und du möchtest sie ihm bringen."

Ich staunte. „Ach, wirklich?! Das ging aber schnell. Dann muss er sich wirklich auch in diese Skulptur verliebt haben, und jetzt hat er sicher Angst, dass sie an einen anderen Interessenten weggeht. Ich habe aber mittlerweile ein bisschen Bedenken bekommen, weil mir der Professor

Münsterländer, der ja momentan im Gutshof wohnt, einiges über Petit erzählt hat. Er kennt ihn aus Südfrankreich, ja Künstlerkreise sind wohl miteinander verbandelt. Und er hatte einmal eine sehr traurige Liebesgeschichte. Da fiel mir ein, dass es dann nicht so ganz passend ist, ihm die Skulptur von den „Entzweiten" zu verkaufen. Ist es nicht etwas makaber und ein schlechtes Omen für seine Zukunft?"

Moro lachte laut und herzlich. „Das könnte jetzt auch Adelaide gesagt haben. Ich denke, wenn er sich wirklich in diese Skulptur verliebt hat, dann wird er auch mit ihr glücklich werden. Und vielleicht kann er seine alte Liebesgeschichte damit aufarbeiten und verzeihen."

„Hm", machte ich. „Möglich ist alles. Wann soll ich denn los?"

„Morgen früh schon. Ich habe euch schon einen Flug gebucht. Amy und dir."

„Morgen früh?" stotterte ich. „Und warum kommt Amy mit? Sie ist doch Amerikanerin."

„Als sie hörte, dass du dorthin fährst, hat sie sich sofort angeboten, dich zu begleiten. Sie kennt auch Frankreich noch gar nicht, dann hat sie auch einmal die Möglichkeit, diese schöne Gegend da kennen zu lernen. Findest du sie unsympathisch?"

„Überhaupt nicht. Ich finde sie sehr reizend, und sie ist bestimmt eine unterhaltsame Gesellschaft. Ich habe mich nur über die Spontaneität gewundert, von dir und von ihr. Es ist ja nicht mal gerade ein Ausflug in die nächste Stadt."

„Wir müssen uns ein bisschen beeilen, liebe Abigail. Es wäre mir schon lieb, wenn du bald herausfindest, ob an Petit etwas Verdächtiges ist.

Wenn ihr zu zweit seid, kann vielleicht immer eine von euch Monsieur Petit ablenken, und die andere sich etwas umsehen."

„Und wo schlafen wir? Klappt das denn mit den Thaisenaus und der Unterkunft im Weingut?"

Er lächelte verschmitzt. „Du möchtest wohl an einer Weinprobe teilnehmen, oder warum möchtest du gern bei der Grafenfamilie unterkommen?"

„Dir kann ich es ja verraten, Moro. Bis jetzt war es noch mein Geheimnis. Ich wollte die Thaisenaus einmal bitten, mich in den alten Unterlagen vom Schloss stöbern zu lassen. Es muss einfach noch ältere Karten vom Schloss hier geben, auf denen alle Verstecke und Geheimtüren abgebildet sind. Ich denke, da haben wir noch längst nicht alles gefunden. Ich befürchte nämlich, dass der Dieb der Badenden

Venus auch noch hier im Schloss sein Unwesen treiben will. Und da will ich vorsorgen, damit wir alle Geheimtüren nach draußen bewachen können."

„Das ist eine gute Idee!" lobte er mich. „Dann will ich auf jeden Fall nachher noch mit dem jungen Grafen sprechen und ihn darauf vorbereiten. Er ist immer sehr gastfreundlich gewesen und hilfsbereit bei all unseren Problemen. Ich denke, er könnte schon einmal eine Vorauswahl treffen, damit du nicht zu lange suchen musst. Er wird wissen, in welchen alten Kisten von seinem Vater noch irgendein Schatz verborgen sein kann."

„Prima", freute ich mich. „Wie lange sollen wir im Süden bleiben?"

Er lächelte. „Solange es euch gefällt, aber mindestens, bis ihr euch ein Urteil über den

Milliardär gemacht habt und jemanden in seiner Umgebung gefragt habt, ob er nun eine ehrliche Haut ist oder sich nur so gibt."

„Münsterländer hält ihn für einen netten älteren Herrn. Die beiden sind sich schon im Gespräch über die Kunst näher gekommen. Aber das sagt natürlich gar nichts. Ich werde mir selbst ein Bild machen, das verspreche ich dir."

Adelaide kam uns entgegen. „Moro! Was treibst du denn hier?" fragte sie besorgt. „Ich habe dich schon überall gesucht. Hier liegen doch immer noch diese gefährlichen Teppiche herum. Das ist gar nichts für dich und deinen Gehwagen. Es gibt übrigens nachher wieder einmal für alle Minestrone in der Schlossküche. Und später wollen wir all zusammen auf dem Balkon noch ein Glas Wein trinken und auf die nächtliche Venus warten."

Sie wandte sich an mich. „Moro hat mir schon alles erzählt, auch, dass er dich wieder einmal nach Frankreich schickt. Wird dir das alles nicht zu viel?"

„Frankreich ist ein wundervolles Land. Ich fahre sehr gern dorthin. Und wenn es wieder einmal etwas in Italien zu recherchieren gibt, bin ich auch zu allem bereit.

***

Während die übrigen Schlossbewohner bis weit nach Mitternacht vergeblich auf ein erneutes Erscheinen der Badenden Venus im Schlosspark warteten, begaben sich Amy und ich schon eine Stunde vor Mitternacht ins Bett, um für den Flug am anderen Morgen ausgeruht zu sein.

Während die anderen beim Frühstück in der Schlossküche über das Fernbleiben der schönen Göttin diskutierten, brachte uns Bernhard zum Flughafen. In der Wartezeit und im Flugzeug hörte ich entspannt Amys unterhaltsamen Geschichten zu, die sie aus dem Leben in den verschiedensten amerikanischen Staaten zu berichten hatte.

Als sie gerade eines von Adelaides Proviantpäckchen öffnete, teilte sie mir beiläufig mit, dass sie das Seminar bei Teresa verschoben hatte.

Ich sah sie staunend an. „Stimmt ja! Daran habe ich gar nicht gedacht. Hat das denn alles so einfach geklappt? Ist Teresa jetzt nicht sauer?"

„Nein, ich habe schon alles umorganisiert. Justin, Jacques und Helene nehmen an ihrem Seminar teil. Sie kommt also nicht umsonst hierher, selbst wenn wir lange in Südfrankreich bleiben müssten. Ich habe mich dann mit ihr auf ein Wochenendseminar geeinigt, wenn wir wieder zurück sind."

„Dann ist dir diese Reise hier wohl ganz besonders wichtig", vermutete ich. „Ich kann dich schon verstehen. Frankreich ist ein wundervolles Land. Auch wenn wir jetzt noch nicht allzu viel davon kennen lernen, aber einen ersten Eindruck wirst du dir von Land und Leuten machen können."

Sie lächelte mich an. „Ich finde das riesig nett von dir, dass du mich mitnimmst, und ich werde versuchen, dir gut zu helfen. Hast du einen Plan, oder willst du spontan agieren, um etwas Verdächtiges rund um Monsieur Petit herum herauszufinden?"

„Da dich Rossini schon in alles eingeweiht hat, kann ich auch ganz offen mit dir reden. Ich möchte natürlich versuchen, möglichst viele Kunstschätze des Milliardärs zu sehen. Dabei hoffe ich natürlich nicht, die Badende Venus zu finden, denn so blöd ist ja schließlich kein Mensch auf der Welt, ein Diebesgut einfach so herumstehen zu lassen. Aber ich versuche natürlich herauszufinden, wie sein Geschmack genau ist. Und ob diese Skulptur besonders gut in seine Sammlung passt. Sollte er nicht bereit sein, mir seinen kunstvollen Besitz zu zeigen, dann bitte ich dich natürlich, den netten älteren Herrn etwas abzulenken."

Sie nickte. „Okay, damit bin ich einverstanden. Und das erscheint mir auch logisch. Hast du auch vor, einen Angestellten von ihm zu befragen?"

„Das wird vermutlich nicht viel Zweck haben. Wer verrät schon seinen Brötchengeber so ohne weiteres?! Es sei denn, es will jemand sein Gewissen erleichtern. Aber auf so einen Glücksfall hoffe ich eigentlich nicht, das ist zu unwahrscheinlich."

„Wir könnten beide unseren Charme sprühen lassen", schlug sie vor.

Ich lachte. „Aber bitte in Grenzen. Ich möchte keine Komplikationen. Wie du weißt, bin ich gerade frisch verheiratet."

„Und ich bin frei", verriet sie mir. „Allerdings ist meine letzte Beziehung noch gar nicht so lange her. Ich weiß nicht, ob ich schon bereit bin für eine neue Katastrophe."

„Wie gefällt dir denn Justin? Er scheint Interesse an dir zu haben, Amy."

Sie lächelte. „Hm, ja. Er ist schon mein Typ. Aber ich bin noch nicht so weit. Jetzt werde ich mich erst mal auf Frankreich konzentrieren und später auf Teresa und ihre bemerkenswerte Arbeit."

Sie berichtete von einigen ihrer letzten Skulpturen, für die sie in Missouri einen besonderen Preis bekommen hatte und zeigte mir Bilder ihrer Werke, die ich bestaunte. So verging die Zeit im wahrsten Sinne des Wortes „im Flug" und wir waren überrascht, als uns die Landung angekündigt wurde.

Ein freundlicher Chauffeur mit Namen Henri holte uns vom Flughafen ab und brachte uns zur Villa des Monsieur Petit.

Der flache weiße Gebäudekomplex wurde von einem ziegelroten Dach beschattet und zeigte sich umgeben von zahlreichen grünen und blühenden Pflanzen des mediterranen Raums.

Der ältere Herr ließ es sich nicht nehmen, uns persönlich die Tür zu öffnen und sparte bei der Begrüßung nicht mit freundlichen Komplimenten. In einem kleinen Salon ließ er uns eine Erfrischung bringen und fragte uns zuerst, wie uns die Reise bekommen sei."

Petit wirkte auf mich erneut wie ein freundlicher, gebildeter Herr, dem ich kein kriminelles Potenzial ansehen oder zutrauen konnte. Seine Ausdrucksweise und seine Kleidung entsprachen dem Bild eines vornehmen Menschen, sein

Gesicht zeigte höfliche Freundlichkeit, und dennoch auch eine gewisse Offenheit, die aus seinen Augen strahlte.^

„Möchten Sie, dass ich Sie im Haus oder im Park erst einmal herumführe?" erkundigte er sich höflich.

Ich wollte ihn nicht länger auf die Folter spannen. „Natürlich möchte ich zu gerne sehen, wo das Kunstwerk einmal stehen wird. Aber jetzt möchte ich ihre Geduld nicht länger strapazieren. Darf ich Ihnen jetzt die Skulptur zeigen, Monsieur Petit?"

„Natürlich gern, Frau Mühlberg! Aber wenn Sie sich erst einmal ausruhen wollen, so ist mir das auch recht. Ich kann das verstehen, wenn man sich nach einer Reise etwas erholen möchte. Ich kann selbstverständlich gern warten."

„Das müssen Sie nicht", beruhigte ich ihn. „Eine Flugreise in der Länge strapaziert uns noch nicht so sehr. Und auch ich bin neugierig, wie Ihnen das Kunstwerk gefällt. Über eine Führung freue ich mich auch später."

„Wie sind Sie denn mit dem Zoll klargekommen? Ich hoffe, man hat Ihnen keine Schwierigkeiten gemacht."

„Rossini hatte eine Sondergenehmigung. Weil er den Erlös einem gemeinnützigen Zweck versprochen hat. So gilt diese Skulptur nicht als Verkaufsobjekt, sondern nur als kleines Gratis-Geschenk für Sie, sozusagen als Dank für Ihre großzügige Geldspende."

„Das hat er aber geschickt eingefädelt, ich hatte schon befürchtet, dass Sie die Skulptur schmuggeln müssen. Und es wäre mir gar nicht recht gewesen, wenn Sie in Schwierigkeiten gekommen wären."

Ich packte den Karton aus dem Koffer und reichte ihm die in weiche Tücher und Luftpolsterfolie eingewickelte Skulptur.

Feierlich nahm er das Paket in die Hand und schälte die Figur aus ihrer Umhüllung.

„Wie fantastisch!" rief er aus, als er die „Entzweiten" entdeckte. „Sie sind in Natura noch viel schöner als auf dem Video, diese beiden wunderbaren Geschöpfe. Ja, der Titel passt zu ihnen: „Im Namen der Liebe". Sie werden auf einem Ehrenplatz stehen, in einer antiken Glasvitrine, und nichts wird den Blick auf sie stören."

Gut, dass ich ihm bereits eine Führung zugesagt hatte, wer weiß, ob ich sonst die Gelegenheit gehabt hätte, andere Kunstwerke zu betrachten.

Die Skulptur sollte also ganz für sich allein in einer Vitrine stehen. Dann musste er sich ja wirklich in diese Figuren verliebt haben.

„Es freut mich sehr, dass Ihnen diese Skulptur gefällt", teilte ich ihm mit. „Das wird auch Moro sehr freuen. Denn Sie wissen es bestimmt, einem Künstler ist es immer sehr wichtig, wohin das Kunstwerk kommt und ob es gut aufgehoben ist, ob es geschätzt und geliebt wird."

Er lächelte. „Richtig. Das habe ich bisher auch immer festgestellt, wenn ich mit den Künstlern zu tun hatte. Da sind sie oft sehr eigen. Sie lassen ihre Kinder nicht einfach so in die Welt hinein ziehen und wollen sie in guten Händen wissen."

Er vertiefte sich in den Anblick der Skulptur und drehte sie in den Händen. Seine Augen leuchteten und mit seinem Lächeln wirkte er wie ein verliebter Schuljunge.

„Aber jetzt will ich sie nicht mehr so lange anfassen, sonst lasse ich sie vielleicht noch fallen. Eingepackt im Karton ist sie sicherer. Die Vitrine ist übrigens beleuchtet und dreht sich automatisch. Die Glasfenster sind in Kopfhöhe, sodass man sie jederzeit genau ansehen kann. Wollen Sie sich das gute Stück einmal ansehen?"

Amy und ich nickten eifrig. „Ich bin schon sehr gespannt darauf", teilte ihm die Amerikanerin mit.

Wir standen auf und folgten ihm durch einen langen Gang, während er den Karton vorsichtig in den Händen hielt und langsam ging, damit er nicht stolperte.

Amy und ich staunten nicht schlecht, als er uns in einen Raum führte, in dem es viele Regale und Vitrinen gab, die festlich von kostbaren Lampen beleuchtet wurden. An den Wänden, an denen edle Seidentapeten die Festlichkeit des Raums unterstrichen, hingen wenige, aber auserlesene moderne Bilder. Auf dem Boden verschluckten weiche Teppiche den Schall der Schritte.

Beim Vorübergehen erblickte ich einige Skulpturen, die eine geschmeidige Künstlerhand erkennen ließen, und ich erkannte, dass Monsieur Petit einen ähnlichen Geschmack hatte wie Rossini.

Der Milliardär schien meine Gedanken zu erraten. „Nicht war? Die Kunstwerke von Moro passen sehr gut hierher, finde ich."

Ich nickte eifrig, während ich meine Blicke weiter schweifen ließ. „Das ist alles ein Stil, und die Kunstwerke werden sich hier beim Betrachter nicht gegenseitig den Rang ablaufen." Ich sah, dass es viele Skulpturen gab, die Emotionen ausdrückten, aber es gab keine Sammlung von griechischen oder römischen Gottheiten, und auch keine weitere Venusfigur.

„Haben Sie noch andere Räume mit Kostbarkeiten?" erkundigte ich mich ungeniert.

„Nein. Ich bin zwar ein Sammler, aber es kommt mir nicht auf die Quantität an. Es geht mir um einmalige Kostbarkeiten, die in diesem Raum auch nicht allzu viel Konkurrenz bekommen sollten. Dies ist mein kleines Heiligtum, und ich ziehe mich hierhin zurück, wenn ich Ruhe brauche." Er zeigte auf ein weiches Sofa, das mit blumigem Seidenstoff bezogen war. „Dort verweile ich dann, höre etwas Musik und lasse die Skulpturen zu mir sprechen."

Er hatte tatsächlich Ähnlichkeiten mit Moro, auch Rossini gab sich so seinen Mußestunden hin.

„Sie haben doch genug Möglichkeiten. Ist es nicht viel erholsamer, auf dem Wasser zu relaxen? Die Wellen des Wassers, das Rauschen und der Wind? Sind die nicht viel beruhigender", fragte die junge Amerikanerin.

„Die Ruhe des Wassers genieße ich, wenn ich an einem meiner Fischteiche angle, aber hier bin ich mit der sprechenden Kunst in einem Raum. Sie sind doch auch Künstlerin, hat mir Moro erzählt. Sie können das doch bestimmt verstehen."

Amy lächelte. „Nein, noch nicht. Ich brauche auch noch ganz viele Menschen um mich herum, die mich inspirieren. Vielleicht wird es mir später einmal ähnlich ergehen, aber jetzt liebe ich auch den Wirbel."

Er öffnete die leere Vitrine, packte vorsichtig die Skulptur aus und streichelte sie leicht, bevor er sie an den vorbestimmten Platz stellte. Sorgsam verschloss er den Glasschrank, schaltete das Licht ein, und wir konnten beobachten, wie sich das Kunstwerk drehte und von allen Seiten im besten Licht zeigte. Er sah uns erwartungsvoll an. „Und? Habe ich Ihre Zustimmung? Könnte es einen besseren Platz für sie geben?" Seine Augen leuchteten.

Wieder regte sich bei mir das Gewissen. Moro und ich, wir hatten ihn hintergangen, weil wir ihm eine Figur vorstellten, die von Rossini gewissermaßen ausrangiert worden war. Aber je länger ich sie betrachtete, umso schöner kam sie mir selbst vor, und so versuchte ich mich daran zu gewöhnen, dass sich Monsieur Petit tatsächlich in diese Skulptur verliebt hatte.

„Sie hat hier einfach gefehlt, diese Figur „Im Namen der Liebe". Diese Vitrine hat auf sie gewartet", bemerkte ich und beruhigte mich.

Ich beobachtete ihn noch eine ganze Weile, während er auch noch seine anderen Kunstschätze begrüßte und sie uns einzeln vorstellte. Gefangen in seiner Leidenschaft wirkte er auf mich wie ein Kind in seinem reichhaltigen Spielzimmer. Und doch gab es hier kein Übermaß, er schien sich selbst Grenzen setzen zu können. War das der Charakterzug eines Diebes? Aber wie weit ging seine Leidenschaft, wenn er sich einmal etwas wirklich in den Kopf setzte? Das konnte ich noch nicht herausfinden.

Nachdem er den Rundgang mit uns beendet hatte, bat er uns zu einer Erfrischung in den Garten. Wir folgten ihm in die von wildem Wein beschattete Laube, wo bereits das Personal auf uns wartete und uns an den gedeckten Tisch geleitete. Eine junge Frau brachte feine

Köstlichkeiten aus Salat und Fisch, während ein junger Mann für Getränke nach Wunsch sorgte.

Nach dem Hauptgang aus Gemüse und zartem Fleisch servierte uns die junge Frau eine luftige Weißweincreme zum Nachtisch.

Der Milliardär sah uns wohlwollend an. „Es gibt hier bei uns auch einige Gästezimmer, da hätten Sie auch gern übernachten können. Aber Moro berichtete mir schon, dass Sie hier in einem benachbarten Weingut in der Provence den Grafen von Thaisenau besuchen möchten. Das muss ich natürlich akzeptieren. Trotzdem möchte ich mich gerne bei Ihnen bedanken, und Ihnen auch meine Dankbarkeit zeigen. Ich werde Ihnen Ihre Mühe nicht nur reichlich vergüten, sondern lade Sie auch zu einer Zeit Ihrer Wahl auf eines meiner Schiffe ein. Da können Sie dann mit Ihren Partnern einen kleinen Urlaub verbringen. Wenn

Sie es aber lieber mögen, spendiere ich Ihnen auch zu viert eine Reise auf der Loire, auf einem alten Kahn. Das ist immer sehr romantisch. Aber wenn Sie einen anderen Wunsch haben, dann sagen Sie es mir bitte frei heraus! Ich bin Ihnen nämlich unendlich dankbar."

Amy und ich sahen uns an. „Das ist sehr nett von Ihnen, Monsieur Petit", begann die Amerikanerin. „Darauf kommen wir gern zurück. Wir werden das miteinander besprechen und Ihnen dann rechtzeitig Bescheid geben. Ganz herzlichen Dank!"

Ich bedankte mich ebenfalls. „Ich werde mich auch einmal umsehen", versprach ich ihm. „Falls mir noch einmal eine Kostbarkeit begegnet, die man erwerben kann, werde ich Sie davon unterrichten. Ich kenne ja nun Ihren Geschmack.

Aber bitte verraten Sie mir doch noch, ob Sie auch den Grafen von Thaisenau kennen?"

„Nur dem Namen nach", verriet er uns. „Das Weingut und der Wein sind mir natürlich ein Begriff, aber ich habe noch nie etwas mit den von Thaisenaus zu tun gehabt. Sie sind sicher sehr nette Menschen, aber wir verkehren doch in verschiedenen Welten. Die eine meiner beiden Welten ist meine Werft, sind die Yachten, die andere Welt, das ist meine Liebe zur Kunst. Und soviel ich gehört habe, haben die Thaisenaus für beides gar keine Zeit. Ihre Kinder sind noch klein, und der Weinbau verlangt viel Aufmerksamkeit und Mühe. Bitte grüßen Sie sie von mir unbekannterweise später, wenn Sie zu Ihnen fahren! Ich werde mich jetzt etwas zur Ruhe begeben, und würde mich freuen, später noch einen Tee mit Ihnen trinken zu können.

Inzwischen fühlen Sie sich bitte hier als Gast! Sie dürfen im Garten und im Haus sich rundherum wie zu Hause fühlen!" Er verabschiedete sich von uns und zog sich zurück.

Obwohl Amy und ich uns bald einig wurden, dass Monsieur Petit weiterhin einen sympathischen Eindruck machte, folgten wir seinem Angebot und durchquerten während seiner Abwesenheit das Haus und den Garten, um zu recherchieren.

„Wir haben nun einmal einen Auftrag übernommen", meinte die Amerikanerin mit Bedauern. „Jetzt müssen wir das auch durchziehen. Schließlich sind wir nicht nur zum Vergnügen hier. Jedenfalls wünsche ich mir, dass Petit unschuldig ist. Er ist ein wirklich lieber Opa."

Ich stimmte ihr zu und durchsuchte mit ihr alle Räume des Hauses. Außer ein paar Bildern an den Wänden und ein paar künstlerisch wertvollen Zimmerbrunnen entdeckten wir nichts, das uns in die Augen stach.

Den Garten hatte er in drei Teile separiert, ein kleiner Park lockte uns zum Spazierengehen, ein gepflegter Hausgarten lud zum Betrachten ein, und ein Wildgarten begeisterte uns durch seine vielfältigen Blüten und Farben.

„Er hat nicht so viele Brunnen wie Rossini", bemerkte Amy. „Ich bin mal sehr gespannt, ob heute Abend in Sankt Augustine die Venus wieder ihr Unwesen im Park treibt."

Ich lachte. „Ich fand es gar nicht schlimm. Das war gar kein Unwesen. Es war eine entzückende junge Frau mit einer schlanken Figur, vermutlich zu schlank für die Maler einiger Jahrhunderte des späten Mittelalters, aber sie spazierte dort sehr graziös umher und ihre langen. rötlichblonden Locken bewegten sich im Nachtwind. Sicher hat sie gefroren, als sie in den Brunnen stieg. Das Wasser ist dort nicht warm, kann ich mir vorstellen."

„Sicher ist sie abgehärtet", vermutete Amy. „Ich bin gespannt, wann sie wieder auftaucht, und was das Ganze zu bedeuten hat. So, jetzt haben wir aber alles gesehen, hier, jetzt fehlt nur noch der geheime Tresor, indem er die Skulptur geparkt haben kann. Aber dazu fehlt uns dann auch die Zahlenkombination. Also, was meinst du, haben wir hier unseren Auftrag erledigt?"

„Auf den ersten Blick ja, alles andere müssen wir auf uns zukommen lassen. Aber auf jeden Fall steht fest, dass er kein Mensch ist, der mit Kunst Geld verdienen will. Das macht er dann in seiner

Werft. Sollte sich die Venus wirklich noch hier in einem Versteck befinden, dann nur, weil er sie wahnsinnig liebt. Und da könnte ich sie ihm beinah gönnen."

„Gut, dass du kein Anwalt bist", fand Amy. „Du fändest noch für jeden eine Entschuldigung."

Wir setzen uns auf die Terrasse, um ein wenig zu entspannen, und Hermine, die junge Hausdame servierte uns Getränke.

Am späten Nachmittag gesellte sich Monsieur Petit wieder zu uns und trank mit uns den versprochenen Tee, dazu gab es feine französische Törtchen aus zartem Gebäck mit Früchten und luftiger Creme.

„Möchten Sie sich noch von der Skulptur verabschieden?" erkundigte sich der Gastgeber, und wir brachten es nicht übers Herz, ihm diesen Gefallen abzuschlagen.

Feierlich folgten wir ihm noch einmal in den besonderen Kunstsalon, wo wir Rossinis Skulptur noch einmal in vorteilhafter Beleuchtung in Augenschein nahmen.

„Sie gehört hierher", teilte ich dem Milliardär noch einmal zum Abschied mit.

Er sah mich dankbar an, reichte uns die Hand und steckte uns beiden einen Umschlag zu. „Das ist für die Unkosten, und die Gutscheine liegen auch dabei. Und mein Chauffeur wird sie zum Weingut fahren, wann immer sie möchten."

„Dann wünschen wir Ihnen jetzt noch einen angenehmen Abend und herzlichen Dank", begann Amy die Abschiedszeremonie.

Petit ließ es sich nicht nehmen, uns bis zum Auto zu begleiten. Er selbst hielt uns die Türen auf und wünschte uns noch einen angenehmen Aufenthalt in Frankreich.

„Sie sind jederzeit hier eingeladen", fügte er hinzu.

Auf der Fahrt von der Villa bis zum Gutshof der Thaisenaus vermieden wir es, uns über unsere aktuellen Recherchen zu unterhalten, da wir nicht wussten, wie viel Deutsch der Chauffeur verstehen konnte. Trotzdem wurde uns die Fahrt nicht lang, die sanfte Landschaft der Provence fand unser lebhaftes Interesse.

***

Auf dem Weingut empfing man uns mit großer Herzlichkeit, es gab Umarmungen und Wangenküsse. Die Hausherrin Celine hatte uns ein hübsches Zimmer reserviert, von dem man einen Blick auf ein Lavendelfeld hatte, das sich auf der einen Seite an das Weingut anschloss.

„Ihr könnt euch erst einmal frisch machen", schlug uns die schöne Französin vor. „Nehmt euch Zeit und kommt einfach zu uns hinunter in den Garten, wenn ihr fertig seid. Später gibt es dann auch ein Menü mit mehreren Gängen. Ich habe heute etwas ganz Besonderes für euch gekocht. Normalerweise macht das meine Köchin, aber für euch wollte ich selbst etwas zaubern."

Amy warf mir einen vielsagenden Blick zu, und ich ahnte, dass sie genau wie ich noch nicht den geringsten Hunger verspürte.

Celine ließ uns nach einem freundlichen Kopfnicken allein.

Nachdem wir uns geduscht und umgezogen hatten, spazierten wir noch eine Zeit lang durch den Weinberg, um uns mit der Bewegung etwas Appetit zu verschaffen.

Gegen zwanzig Uhr holte uns Monique, die jüngste Tochter zum Abendessen auf die idyllische Gartenterrasse, die sich unter einem Dach von Rosen und Klematis versteckte.

Der Hausherr, Celine und die drei Kinder nahmen neben uns am großen, festlich gedeckten Tisch Platz.

Während des Menüs entdeckten wir, dass man durchaus auch etwas zu sich nehmen kann, ohne großen Hunger zu haben, wir probierten von allen fünf Gängen, ohne Celine beleidigen zu müssen. Der Hausherr servierte einen besonderen Wein, der im letzten Jahr prämiert worden war.

Beim Dessert brachte Celine die Sprache auf den Zweck unserer Reise. „Da hört man ja wieder einmal abenteuerliche Dinge von Sankt Augustine. Diesmal ein Kunstraub, keine schöne Angelegenheit. Rossini hat uns schon über alles gut unterrichtet, und ich habe euch schon eine alte Karte des Schlosses herausgesucht. Aber es gab noch bis vor kurzem eine zweite Karte, und die ist spurlos verschwunden."

„Kannst du dir denken, wie das passiert ist?" fragte ich Celine.

Sie seufzte. „Oh ja, leider! Es ist erst wenige Tage her, da hatten wir hier nacheinander kurz zwei Personen zu Gast, die uns ein bisschen im Weinberg geholfen haben.

Das Erste war ein Mann aus Deutschland, er nannte sich Martin und hatte einen überdimensionalen Schnurrbart. Er berichtete, dass er aus Sankt Augustine sei und den Künstler Moro Rossini gut kenne. Und er interessierte sich für das Schloss dort und fragte, ob wir da noch irgendwelche Schätze besäßen, weil er angeblich auch über das Schloss etwas schreiben wollte. Dummerweise habe ich ihm gesagt, dass ich noch ein paar Unterlagen auf dem Dachboden habe. Aber ich hielt das Ganze für unwichtig und habe es vergessen, bis vor ein paar Tagen eine junge schlanke Frau ebenfalls aus Deutschland hier auftauchte. Sie hatte sehr schönes rötlichblondes Haar und fragte ebenfalls nach, ob es hier vielleicht noch Unterlagen aus dem Mittelalter über das Schloss gäbe. Sie nannte sich Angela und sagte sie sei Kunsthistorikerin und schreibe gerade ihre Doktorarbeit über das Schloss. Sie sah sehr nett aus und ich sagte ihr, sie dürfe einmal ein paar Unterlagen auf dem Dachboden anschauen. Aber noch bevor ich mich mit ihr dazu zusammensetzen konnte, reiste sie ziemlich eilig wieder ab. Nun kann es natürlich leicht gewesen sein, dass dieser Martin oder Angela sich eine der alten Schlosskarten mitgenommen haben."

„Waren da auch Geheimtüren eingezeichnet und geheime Verstecke?" erkundigte ich mich.

Celine nickte. „Ja, auf diesen Karten ist alles drauf."

Ich blätterte in den Fotos meines Handys und reichte ihr das Bild, das die Fee der Malerin Anderson zeigte.

Erstaunt betrachtete sie es. „Aber das gibt es doch gar nicht! Genauso sah diese Frau aus."

„Und genau das ist unsere im Delphinbrunnen badende Venus", teilte ich ihr mit.

„Jetzt verstehe ich gar nichts mehr", meinte Amy. „Dann ist das bestimmt ein Gaunerpärchen gewesen, das nacheinander hier gewesen ist, um in Sankt Augustine alles auszukundschaften. Waren da auch etwa Unterlagen vom Rosenturm dabei?"

Celine nickte. „Ganz viele Unterlagen aus dem historischen Städtchen. Bestimmt auch etwas vom Rosenturm. Warum?"

„Dann weiß ich schon, wer dort die Badende Venus gestohlen hat. Der Dieb ist durch das Nebenhaus, durch eine Geheimtür gekommen."

Ich überlegte. „Und das Pärchen hat nun auch alle Unterlagen vom Schloss. Dann haben Sie bestimmt auch noch den Plan mit Geheimtüren von dort und werden möglicherweise da auch noch etwas stehlen. Dann hat sich diese Badende Venus bestimmt schon einmal nach diesen geheimen Türen erkundigt, bevor sie in den Brunnen stieg. Und möglicherweise war sie sogar schon im Schloss und hat sich da etwas umgesehen. Ich muss unbedingt die Rossinis benachrichtigen, damit sie die lebende badende Venus festhalten, falls sie heute Nacht wieder am Brunnen erscheint."

„Die Badende Venus am Brunnen?" Celine sah uns verwirrt an. „Was hat das jetzt zu bedeuten?" Ich erzählte ihr in wenigen Worten, was an diesem Abend geschehen war, und dass wir lange gerätselt hatten, welche Bedeutung diese Erscheinung hatte.

„Dann wollte sie sich wohl noch über euch lustig machen", schimpfte Celine. „Das Pärchen hatte die Venus bereits gestohlen und nun spielte sie

sie selbst noch einmal im Brunnen. Aber was ich nicht verstehen kann ist: Was will dieses Pärchen mit der Venus? Jemandem verkaufen oder selbst behalten?"

„ Wer weiß? Wie sah denn das Pärchen aus?" fragte ich Celine. „Sahen sie so aus, als ob sie Geld nötig hätten?"

Die Hausherrin überlegte. „Eigentlich nicht. Diese junge Frau, Angela, war mir sogar sehr sympathisch, aber dieser Martin, den fand ich etwas undurchsichtig. Und ich weiß nicht einmal, ob sein Bart überhaupt echt war."

„Die beiden wussten also, wo die Unterlagen waren. Hatten sie auch Gelegenheit, daran zu kommen?"

Celine seufzte. „Ja, das hatten sie. Wir haben hier sonst immer nur ehrliche Leute, die uns auf dem Weingut helfen. Die hatten ja einen

Personalausweis dabei, und wir haben die Daten in unser Buch eingetragen. Aber vermutlich waren das gefälschte Ausweise. Möglicherweise gibt es diesen Martin und diese Angela gar nicht in Sankt Augustine. Ich hätte tatsächlich vorher den Bürgermeister anrufen sollten."

„Dazu hattest du ja nun zunächst gar keinen Grund. Du wusstest ja nicht, dass sie sich an dem Karton selbst bedienen. Du hast es ja selber gerade erst gemerkt, dass die Karte nicht mehr da ist. Und du kontrolliert bestimmt nicht jeden Gast oder jeden Hilfsarbeiter per Personalausweis. Das konntest du nun wirklich nicht ahnen, dass dieses Duo etwas stehlen wollte."

„Im Allgemeinen ist ja auch alles sonst in Sankt Augustine gut abgesichert", fand Amy. „Überall sind Videokameras um den Rosenturm herum. Um das Schloss herum und auch im

Schlossgarten ebenfalls, man kann ja schließlich nicht in jeden Rosenbusch eine Kamera stecken. Und auf die Idee, diese alten Geheimtüren zu benutzen, muss man ja auch erst einmal kommen."

„Nun gut", entschied ich. „Trotzdem bringt uns das jetzt schon ein Stück weiter. Diese beiden waren wohl die Täter. Das bedeutet natürlich immer noch nicht, dass sie nicht vielleicht auch im Auftrag von irgendeinem Kunstsammler gehandelt haben. Es ist also immer noch jeder verdächtig. Aber nach diesen beiden können wir nun schon einmal fahnden. Entschuldigt mich bitte, ich muss mit dem Kommissar telefonieren."

Ich stand auf, entfernte mich vom Tisch und rief Niklas an. Es dauerte nicht lange, bis er das Gespräch annahm und mich erwartungsvoll nach den neuesten Ergebnissen der Recherchen fragte.

Ausführlich berichtete ich ihm von unserem Besuch bei Monsieur Petit und von den erstaunlichen Erkenntnissen, die wir nun im Weingut bei den Thaisenaus gewonnen hatten.

„Das ist wirklich sehr interessant", kommentierte der Kommissar. „Dann werden wir natürlich einmal genau aufpassen und das Schloss und alle anderen historischen Museen gut bewachen, auch den Märchenpark. Von der möglichen Täterin haben wir also eine gute Beschreibung. Dann fehlt uns natürlich ein Phantombild von dem Täter. Vielleicht kannst du Frau von Thaisenau dazu überreden, eines anfertigen zu lassen. Das könnte sehr hilfreich sein vielleicht einmal mit und einmal ohne Schnauzbart."

„Ja, das werde ich in die Wege leiten", versprach ich ihm. „Vermutlich werden wir dann auch bald wieder zurückkommen. Du kannst auch bitte den

Rossinis schon einmal Bescheid geben über all das! Morgen früh möchte ich dann noch bei dem jungen Künstler Robert Gabin vorbeischauen, diesem genialen Bildhauer, bei dem Professor Münsterländer seine Fee erworben hat. Er hat ja auch noch mal eine Verbindung zu unserem Milliardär. Du erinnerst dich, sein Vater heiratete die frühere Freundin von Monsieur Petit."

„Ich erinnere mich, ja, erledige das. Damit ist dann das Bild abgerundet. Vielleicht kann er dir auch noch einmal sagen, ob der Milliardär wirklich so sympathisch ist, wie er sich gibt."

Er wünschte mir noch einen schönen Abend und weiterhin viel Erfolg, und ich versicherte ihm, dass ich seine guten Wünsche auch gut gebrauchen konnte.

Ich erinnerte mich daran, Ermanno mit Nachrichten vernachlässigt zu haben und gönnte mir ein langes Gespräch mit ihm. Ausführlich berichtete er von seinen Exkursionen mit den Studenten und ließ sich auch von mir alle Erlebnisse im Detail erzählen. Auch für unsere Verabschiedung nahmen wir uns Zeit, um uns mehrmals gegenseitig zu bestätigen, wie sehr wir uns fehlten.

„Ricordati: Ti amo", flüsterte er mir am Ende ins Telefon, was soviel heißt wie: „Denk daran: ich liebe dich".

Als ich zurückkehrte zu unseren freundlichen Gastgebern, teilte mir Celine mit, dass sich Amy schon zu Bett begeben hatte. „Auch wenn ihr noch jung seid, kann auch für euch eine solche Reise stressig sein", bemerkte sie.

„Oh, das tut mir leid. Aber ich glaube, jetzt ist es für euch auch spät geworden. Ihr müsst bestimmt morgen früh wieder raus in den Weinberg. Ich möchte euch auch nicht mehr länger aufhalten."

„Aber nein, liebe Abigail! Wenn wir Gäste haben, sind wir immer lange wach. Darum musst du dir keine Gedanken machen. Wir lassen uns gern noch etwas von den Rossinis und dem schönen Städtchen Sankt Augustine erzählen."

Ich blieb noch eine Viertelstunde bei ihnen sitzen, dann verabschiedete ich mich mit guten Wünschen für die Nacht.

„Ich habe Celine übrigens schon die Schlosskarte gegeben, die mit den Grundrissen und den Geheimtüren. Ich wollte nicht, dass wir es nachher noch vergessen. Du kannst ja einmal nachkontrollieren, ob es die gleiche ist, die ihr im Schloss besitzt."

Als ich unser Gästezimmer betrat, lag Amy im Bett und schlief. Auf meinem Nachtisch lag die

Karte mit den Grundrissen und den eingetragenen Geheimtüren und Geheimverstecken.

Ich nahm sie mit ins Bad, wo ich sie im Licht fotografierte und an Moro Rossini sandte.

„Bitte vergleiche einmal, ob es Unterschiede gibt zu der Karte, die ihr besitzt", schrieb ich dazu.

Kurz nachdem ich mir im Badezimmer die Zähne geputzt hatte, erhielt ich Antwort aus Sankt Augustine. „Es gibt keine Unterschiede", schrieb Moro. „Keine weiteren Geheimtüren oder geheime Schatzkammern. Die Karten sind identisch. Viel Erfolg weiter!"

Ich überlegte. Nun gut, diese Karte zeigte keine weiteren Geheimtüren oder Verstecke. Aber das hatte ja nichts zu sagen. Die möglicherweise gestohlene Karte konnte ganz anders aussehen. Wir mussten trotzdem auf der Hut sein und weiter Vorsicht walten lassen. Als ich etwas später im Bett lag, dachte ich an die lebende Badende Venus. Warum, wenn sie dort etwas stehlen wollte, hatte sie sich so auffällig benommen? Warum, wenn sie schon etwas gestohlen hatte, lief sie so leichtsinnig dort herum? Wollte sie uns vielleicht ablenken? Wollte sie vielleicht dann wieder erscheinen, wenn ihr Komplize an einem anderen Ort erneut etwas wegnahm? War das ihr Trick?

Wer war diese schöne Unbekannte? Hieß sie wirklich Angela? Ein himmlischer Name für eine schöne Frau, für eine schöne Venus. Aber auch für eine Diebin?

Ich grübelte noch eine ganze Weile, bevor mich der Schlaf in die Traumwelt entführte.

***

Am anderen Morgen frühstückten wir allein mit Celine. Die Kinder waren schon zur Schule gegangen und der Graf von Thaisenau arbeitete bereits in den Weinbergen.

Celine lud uns beim Abschied ein, so oft wir wollten, wiederzukommen und umarmte uns herzlich. Sie blieb lange am Tor stehen und winkte uns nach, während uns der Chauffeur von Petit aus der Anlage fuhr. Der Milliardär hatte es sich nicht nehmen lassen, seinen Angestellten zu uns zu schicken und uns zu unserem nächsten auserwählten Ziel zu bringen.

Amy grinste mich von der Seite her an und flüsterte: „ Ist das nun pure Freundlichkeit von unserem Gönner oder glaubt er, er könne uns so durch seinen Chauffeur etwas aushorchen lassen?"

„Was denkst du?" fragte ich zurück.

„So ist natürlich der gute Petit über jeden Schritt von uns informiert. Allerdings weiß ich nicht, warum ihm das bei unserem heutigen Ausflug nutzen konnte. Er hat keinen Kontakt zu Robert und will ihn auch nicht haben. Soll ihm der Chauffeur dann dort etwas ausspionieren?"

Ich lächelte. „In einem guten Roman wäre jetzt dieser Robert das heimliche Kind des Milliardärs, das ihm seine Mutter in all den Jahren ihres Lebens vorenthalten hat. Wäre das nicht eine gute Geschichte?"

Amy lachte so laut, dass sich der Chauffeur, der sonst keine Emotionen zeigte, kurz erstaunt zu uns herum drehte.

Als wir in dem kleinen Dorf angekommen und aus dem Auto ausgestiegen waren, verdrehte die Amerikanerin die Augen. „Möglicherweise sind auch Wanzen hinten im Auto versteckt, und der

Milliardär kann alles von seiner Villa aus mit anhören."

Ich erschrak. „Gut, dass wir sonst noch nichts über ihn gesagt haben. Auch nichts von unseren Verdächtigungen."

Der Chauffeur hatte das Auto unweit des kleinen idyllischen Steinhauses abgestellt, und wir bahnten uns einen Weg durch die wilde Wiese, in der zahlreiche kleine Blüten ihre farbigen Punkte gesetzt hatten.

Amy kicherte plötzlich.

„Was hast du? Was ist so lustig?" erkundigte ich mich bei ihr.

„Ich hatte so sehr diese ganzen Ereignisse im Kopf, dass ich völlig vergessen habe, einmal im Umschlag nachzuschauen. Hast du gestern Abend noch nachgesehen, was uns Monsieur Petit da hineingesteckt hat?"

Ich lachte. „Nein, auch nicht. Ich hatte aber auch ganz andere Dinge in meinen Gedanken. Aber dann haben wir ja noch eine Überraschung vor uns."

„Sind wir eigentlich bei Robert angekündigt, Abigail?"

„Zum Glück ja, ich habe von Professor Münsterländer auch die E-Mail-Adresse bekommen und Gabin um einen kurzen Termin gebeten, weil ich mich einmal wegen einer hübschen Skulptur bei ihm umsehen möchte. Und das ist auch gar nicht gelogen. Ich wollte nämlich bei der Gelegenheit schauen, ob ich dort ein Geburtstagsgeschenk für Ermanno finde."

Sie lächelte. „Wie praktisch. Und schon wieder verbindest du das Schöne mit dem Nützlichen."

Robert, ein großer junger Mann mit glänzenden, schwarzen Locken hatte uns offenbar kommen sehen, denn er öffnete uns die Tür, noch bevor wir an der großen Glocke gezogen hatten.

„Was für ein netter Besuch! Seid herzlich willkommen!" begrüßte er uns überschwänglich und mit einem charmanten Lächeln. „So oft verirrt sich keiner hier in diese Einsamkeit. Kommt herein in mein kreatives Chaos!"

Wir folgten ihm durch einen kleinen Flur in eine weiträumige Werkstatt, die er sich in der angebauten Scheune eingerichtet hatte.

Dort gab es eine Menge verschiedenartigster Werkzeuge, halbvolle Regale und eine Ausstellungsvitrine, in der sich nur wenige kleine Skulpturen befanden.

Er reichte Amy und mir einen Kaffeebecher und nahm ebenfalls einen Schluck aus einer überdimensionalen Tasse. „Dann mal auf euer Wohl, meine Damen! Wundert euch bitte nicht, dass ich hier gerade nicht so viel herumstehen habe! Ein Freund von mir hat eine größere Arztpraxis und stellt dort gerade in Vitrinen etwas von mir aus. Aber schaut euch nur um, vielleicht ist doch etwas dabei, dass euch Freude macht. Und wie ihr von mir auch im Internet lesen könnt, erledige ich auch Auftragsarbeiten."

„Deswegen habe ich auch zu dir gefunden", verriet ich ihm. „Ein Bekannter hat mir seine schöne Fee gezeigt, deren Gesicht aussieht wie eines auf dem Gemälde eines französischen Malers."

„Aha, dann war das bestimmt der nette Professor, der hier in Südfrankreich seine zweite Heimat gefunden hat."

„Ja, und er ist sehr glücklich mit seiner kleinen Skulptur. Er reist damit überall hin und hat sie neben seinem Bett auf dem Nachttisch stehen. Da wollte ich doch auch einmal den Künstler kennen lernen, der so feine und geschickte Finger hat."

Ein Lächeln huschte über sein Gesicht.

„Dankeschön! Ich habe kein Spezialgebiet, es ist bekannt, dass ich alles herstelle, nach alten Mustern oder ganz moderne Fantasie. Ihr könnt euch einfach überall hier umsehen und mich alles fragen. Und wenn ich etwas für euch herstellen soll, auch einfach nur so zur Probe, soll es mir recht sein."

Amy hatte sich inzwischen die Figuren in der Vitrine angesehen. „Sie leben hier so ganz versteckt, dass man Sie kaum findet. Dabei sind Sie wirklich ein ganz großer Künstler, das sehe ich sofort, denn ich bin eine Kollegin von Ihnen. Aber wenn ich hier Ihre Kunstwerke sehe, fühle ich mich noch ganz laienhaft, als kleine Anfängerin. Nun ja, ich bin auch noch nicht fertig mit meinem Kunststudium. Sie sind bestimmt ein Naturtalent, oder?"

Er sah sie lächelnd an. „Danke für das Kompliment. Wenn ein Kunstschaffender einem anderen Künstler ein Kompliment macht, hat das schon etwas zu sagen. Sie dürfen sich nachher jeder eines der ganz kleinen Figürchen aus der Vitrine zum Andenken mitnehmen."

Die Amerikanerin sah ihn aufmerksam an. „Sie machen viel Auftragsarbeit? Kann man damit etwas verdienen? Vielleicht sogar reich werden?"

So hatte ich Amy noch gar nicht erlebt, so direkt. Was hatte Sie vor? Wollte sie Robert provozieren?"

„Das ist ganz unterschiedlich", antwortete er frei heraus. „Manchmal kommt nur ein armes Mütterchen aus der Gegend und möchte jemandem aus der Verwandtschaft eine Freude machen. Da nehme ich natürlich nicht viel. Aber ab und zu finden auch etwas begüterte Menschen zu mir, die mir direkt einen Preis nennen, den sie für angemessen halten. Und das ist dann schon etwas mehr." Er sah Amy an. „Irgendwo her kenne ich Ihr Gesicht. Waren Sie schon einmal hier in dieser Gegend?"

Sie schüttelte heftig den Kopf. „Oh nein, da müssen Sie mich schon mit jemandem verwechseln. Ich war bis vor kurzem in Amerika, ganz weit weg. Frankreich sehe ich jetzt zum ersten Mal und bin sehr froh über diese Reise. Aber sag doch auch Du zu mir, ich bin nämlich Abigails Freundin und auch absolut keine Respektsperson."

Er lächelte. „Ich hätte schwören können, dass ich dein Gesicht in der letzten Zeit schon einmal gesehen habe. Aber manchmal gibt es ja auch

Doppelgänger. Im Allgemeinen habe ich ein gutes Gedächtnis. Doch jeder Mensch kann sich irren."

„Vermutlich hast du auch eine gute Menschenkenntnis. Dann kannst du direkt immer erkennen, welcher Mensch dich hier übers Ohr hauen oder ausnehmen möchte, und für wen sich eine ehrliche Arbeit lohnt. Schließlich brauchst du sicher auch ein gutes Gefühl, wenn du etwas schaffen möchtest."

„Das ist sehr unterschiedlich. Wenn ich Frust habe, kann ich den auch bei einer Arbeit für mich selbst gut loswerden. Aber bei einer Auftragsarbeit ist das schon etwas anderes, da hast du Recht. Damit das Werk gut wird, muss ich auch in einem guten Verhältnis zum Auftraggeber stehen."

„Das verstehe ich sehr gut. Ich spüre, dass du ein sensibler Künstler bist. Hast du auch schon mal eine Auftragsarbeit abgelehnt?"

Er zögerte einen Moment. „Ja, vor ein paar Tagen."

„War dir der Auftraggeber auch unsympathisch?" bohrte sie weiter.

Jetzt verstand ich die Welt nicht mehr. Was hatte Amy vor. Warum quetschte sie ihn so aus? Hatte sie einen besonderen Verdacht? Mit gemischten Gefühlen ließ ich sie gewähren.

„Er war mir sehr unsympathisch, ein Mann mit einem Schnauzbart, der aussah, als wäre er nicht echt. Er kam aus Deutschland, sprach aber fließend Französisch. Er fragte mich, ob ich etwas in Serie herstellen könnte, Kopien von einer Figur, die er mir dann noch vorstellen würde."

„Eine Badende Venus?" erkundigte sich Amy.

„Ich weiß es wirklich nicht. Ich habe die Skulptur nicht gesehen, aber dieser Mann wirkte auf mich unseriös. Er hat mir ganz viel Geld dafür versprochen. Er sagte, wenn ich mich darauf einlasse, werde ich reich. Natürlich hat er mir keinen Namen von sich genannt, und als ich auf seinen Vorschlag nicht einging, hat er sich ganz schnell wieder entfernt. Ich habe mir aber sein Gesicht und gemerkt, weil ich dachte, es könnte einmal wichtig werden. Denn irgendwie hatte ich bei ihm das Gefühl, dass es sich um etwas Illegales handelt."

Amy nickte und ich begann langsam zu verstehen. Die Amerikanerin vermutete, dass der Dieb der Badenden Venus bei Robert gewesen war und ihm den Vorschlag gemacht hatte,

Kopien davon anzufertigen, die man dann teuer verhökern konnte. Wie kann sie nur darauf?

„Hat dieser Mann denn irgendetwas gesagt, an wen er sich jetzt wenden will?" wandte sich meine junge Freundin an den Franzosen.

„Er war ziemlich sauer, dass ich auf seinen Vorschlag nicht eingegangen bin. Er hat mir eine ganze Menge Geld geboten. Und am Schluss hat er gemurmelt: Man kann ja auch Dinge billig in Asien herstellen lassen. Auf komplizierte Künstler, die arm bleiben wollen, bin ich nicht angewiesen."

Amy nickte. „Ja, so habe ich mir das vorgestellt. Solche Menschen gibt es überall. Du kannst doch bestimmt auch gut malen. Würdest du mal ein Phantombild von dem Typen zeichnen können?"

„Das kann ich. Aber ich hatte fast das Gefühl, dass er eine Art Maske aufhatte, irgendetwas aus ganz dicker Schminke. Er sieht in echt wahrscheinlich doch anders aus."

Amy nickte. „Das ist gut möglich. Aber es war gerade ein junger Mann bei den Thaisenaus auf dem Weingut, den die Gräfin ebenso beschrieben hat. Und auch dieser Mann steht im Verdacht eventuell ein wichtiges Dokument gestohlen zu haben. Ein Dokument, mit dem man leicht an fremde Kunstschätze herankommen kann."

Er sah sie mit großen Augen an. „Das ist aber interessant. Das ergibt dann auch alles einen Sinn. Warte einen Augenblick, ich fertige ganz schnell eine Skizze an."

Während er sich an den Schreibtisch setzte und zeichnete, wandte ich mich an Amy. „Wie bist du denn auf diese kuriose Idee gekommen?" fragte ich sie und sah sie bewundernd an.

Sie machte eine wegwerfende Handbewegung.

„Ach, das ist mir nur so eingefallen, gerade. Weil wir doch gestern gesagt haben, in der Kunstszene kennt man sich, und irgendwo schließt sich immer der Kreis. Da habe ich dann so ein bisschen herumfantasiert."

Ich staunte. „Und mit einem grandiosen Ergebnis. Da sind wir nun wieder ein ganzes Stück weiter."

Wir betrachteten die hübschen kleinen Skulpturen.

„Ja, er ist ein geschickter Künstler", konstatierte ich. „Kein Wunder, dass man ihm das Kopieren zutraut. Das ist mir schon bei der kleinen Figur von Münsterländer aufgefallen. Nur habe ich da nicht so gut kombiniert wie du."

Sie lachte. „Nun ja, ich bin ja auch Künstlerin. Da muss ich schon eine ausschweifende Fantasie haben."

Robert hatte seine Zeichnung beendet, stand auf und reichte Amy das Blatt mit der Skizze. „Hier! So sah er aus. Ich bin gespannt, ob dies nun der gleiche Mann ist, der das Dokument entwendet hat."

Die Amerikanerin fotografierte die Phantomzeichnung und schickte sie an die Gräfin von Thaisenau, mit der Bitte sich dieses Gesicht einmal genauer anzusehen, und ob sie vielleicht darin diesen unbekannten Gast erkenne.

Wir mussten nicht lange warten, offenbar trug Celine ihr Handy wie viele Frauen ständig bei sich. Schon wenige Minuten später erhielten wir eine Antwort von ihr.

„Das ist ja unglaublich! Genauso sah dieser Mann aus. Es muss also ein und derselbe Mann gewesen sein. Dann viel Erfolg weiter!"

Ich freute mich. „Lieber Robert, vermutlich hilfst du damit wirklich einer großen Sache. Du bist nicht nur ein genialer Künstler, sondern trägst vielleicht auch dazu bei, dass ein Dieb gefunden werden kann und sich das Rätsel in einem Kriminalfall löst. Ich denke, gegebenenfalls wird es auch eine Belohnung für dich geben, auch wenn der maskierte Mann vielleicht anders aussieht, aber wir sind ihm auf der Spur."

Er sah mich etwas misstrauisch an. „Bist du vielleicht von der Kriminalpolizei, und deswegen hierhergekommen?"

„Nein, das bin ich nicht. Ich möchte wirklich eine Skulptur bei dir bestellen", redete ich mich heraus. „Ich möchte meinem Mann eine Freude damit machen, weil wir noch ganz frisch verheiratet sind, erst ein paar Wochen. Er ist Italiener, und auch ein großer Kunstliebhaber, daher wird er ein Werk von dir zu schätzen wissen."

Sein Gesicht entspannte sich. „Ach so, das ist etwas anderes. An was hast du denn gedacht? Was liebt er?"

„Wir lieben beide die Natur und haben uns in Norditalien in den Bergen kennengelernt. Unser erstes gemeinsames Erlebnis hatten wir mit einem Wanderfalken. Vielleicht fällt dir dazu etwas ein. Ich habe schon einmal in der Vitrine nachgeschaut, da habe ich nichts Passendes gefunden."

„Nein, da kann ich dir auch nichts empfehlen. Du kannst mir ein Foto von euch beiden auf mein

Handy schicken, dann werde ich etwas für euch ganz persönlich entwerfen."

Ich freute mich. „Das ist wahnsinnig nett von dir. Allerdings kenne ich nun gar nicht deine Preise. Kann ich dich mir überhaupt leisten?"

Er lachte und hielt die Kaffeekanne hoch. „Möchtet ihr noch einen Kaffee?"

Wir schüttelten beide verneinen den Kopf. „Aufgeregt sind wir nun schon genug", fand Amy. „Auf dieses Abenteuer hier waren wir nicht gefasst."

Robert nahm einen Stein in die Hand, etwa so groß wie eine Birne. „Nein, ich auch nicht. Ich mache dir einen Freundschaftspreis, Abigail. Aus diesem Stein zaubere ich dir etwas, das nur für euch beide Bedeutung haben soll. Vielleicht schickst du mir aber auch sonst noch ein paar Infos über euch, damit ich das Richtige finde.

Wie teuer darf es denn sein? An welchen Preis hattest du gedacht?"

Amy mischte sich ein. „Schau doch mal in deiner Handtasche, Süße! In dem Umschlag von gestern könntest du einen Anhaltspunkt finden."

Ich fingerte in der Handtasche herum und fand neben einem Gutschein für eine Schiffsreise einen großen Schein, den ich bisher erst selten gesehen hatte. Monsieur Petit hatte uns tatsächlich mit 500 Euro pro Umschlag beschenkt."

„Also Freundschaftspreis bis 100 Euro?" schlug mir der Künstler vor.

Ich nickte. „Einverstanden.. Und wenn es ein bisschen mehr ist, ist es auch nicht schlimm."

„So, ihr Lieben", mischte sich Amy ein. „Jetzt muss ich leider euer gemütliches Plauderstündchen unterbrechen, nachdem ihr euch einig geworden seid. Unser Flieger geht bald, und wir haben gerade noch Zeit, den Weg bis zum Flughafen zurückzulegen. Wir kommen ja bestimmt wieder. Nachdem wir hier überall so herzlich eingeladen wurden und nun hier auch noch etwas abzuholen haben, muss das kein Abschied für immer werden."

Ich sah sie erstaunt an. Was hatte sie nun wieder vor? Doch bisher waren ihre Intuitionen und Ratschläge gut gewesen, also vertraute ich ihr und verabschiedete mich von Robert.

Der junge Franzose sah Amy noch einmal genau an, als er sie zum Abschied umarmte. „Wenn ich nur wüsste, warum du mir so bekannt vorkommst. Ich weiß, dass ich dich schon einmal gesehen habe."

„Vielleicht mal in einer Zeitung oder im Fernsehen", sagte sie leichthin. „Aber wenn du meine Doppelgängerin hier einmal triffst, musst du unbedingt ein Foto von ihr machen und es mir schicken. Das musst du mir versprechen!"

Er nickte, etwas lahm. „Auf jeden Fall schreibe ich dir, wenn mir Näheres dazu einfällt."

An der Haustür winkte er uns noch einmal nach. „War toll, euch kennengelernt zu haben. Wir bleiben in Verbindung."

**

Der Chauffeur von Monsieur Petit, der auf uns gewartet hatte, fuhr uns auf Amys Wunsch zum Flughafen. Im Auto hatte ich Gelegenheit, die Amerikanerin über ihren spontanen Aufbruch auszufragen.

„Warum hast du es plötzlich so eilig? Wolltest du nicht noch ein bisschen mehr von Frankreich kennen lernen?"

„Ich denke, wir waren bestimmt nicht das letzte Mal hier. Aber jetzt treibt mich etwas zurück nach Sankt Augustine, deswegen hatte ich auch schon einen Flug ausfindig gemacht, während du mit Robert wegen des Geschenks für Ermanno gesprochen hast. So langsam baut sich nämlich bei mir ein Verdacht auf, was diesen komischen Schnauzbart-Mensch anbelangt. Ich muss jetzt nur noch recherchieren und einen Beweis finden."

Ich sah sie erstaunt an. „Kannst du mir denn etwas darüber sagen?"

„Bitte frag mich jetzt noch nicht! Es ist noch so zart wie ein Spinnengewebe, und ich fürchte, ich könnte sonst den Faden zerreißen. Aber wenn ich richtig tippe, ist der Dieb momentan in Sankt Augustine und wird bestimmt bald erneut zuschlagen. Das möchte ich verhindern, indem ich den von mir Verdächtigten möglichst unauffällig beschatte."

„Aber wir haben doch bisher auch sehr gut als Team zusammen gearbeitet", beschwerte ich mich. „Und wenn du etwas allein machst, ist es auch gefährlich für dich."

„Bitte gib mir nur einen Tag und eine Nacht, dann werde ich dir alles erklären. Vertrau mir einfach! Wir sind doch inzwischen so etwas wie Freundinnen geworden, oder?"

Ich lächelte. „Ich gebe es zu, du warst mir von Anfang an sympathisch. Aber du wirst mich nicht daran hindern, dass ich Niklas jetzt das Phantombild des Schnauzbarts weiterleite."

„Ich werde dich an nichts hindern", versprach sie, ebenfalls lächelnd, „sofern du von mir jetzt noch keine weiteren Erklärungen erwartest."

Am Flughafen verabschiedeten wir uns von dem Chauffeur und baten ihn, seinem Chef Grüße und herzlichen Dank auszurichten.

In der Abflughalle mussten wir noch eine Weile warten. „Aber eine Frage wirst du mir doch beantworten, Amy", versuchte ich es erneut. „Du glaubst also, den Dieb zu kennen. Ist das so?"

„Ich habe jemanden aus Sankt Augustine in Verdacht, ja, den werde ich beschatten. Und wenn ich mir sicher bin, werden wir beide ihn in eine Falle locken. Bis dahin kannst du natürlich auch alle anderen durchsuchen, die dir noch verdächtig erscheinen."

„Und was hat dich auf den Täter gebracht? Das muss doch irgendetwas gewesen sein bei Robert, dass dich inspiriert hat, oder? Oder hast du den Täter auf dem Phantombild einfach erkannt?"

„Nein, erkannt hätte ich ihn nicht. Dazu hatte er zu viel Schminke aufgetragen. Aber seine Geldsituation hat mir zu denken gegeben, und einiges, was er mir darüber erzählt hat. Ihm traue ich schon zu, dass er einen großen Coup landen wollte mit dem Verkauf von den Kopien der Badenden Venus. Und in Sankt Augustine hat es mich sehr misstrauisch gemacht, dass er vorgibt, von etwas eine Menge zu verstehen, wovon er in Wirklichkeit gar keine Ahnung hat."

„Na gut, dann akzeptiere ich das erst einmal so. Und wie haben dir Roberts Kunstwerke gefallen?"

„Leider hatte er ja nicht viel ausgestellt", bedauerte sie. „Aber er ist schon genial."

Amy hatte inzwischen auch ihren Umschlag geöffnet, und ebenfalls einen 500-Euro Schein und einen Gutschein für eine Schiffsreise entdeckt. Sie freute sich und begann Pläne zu machen, wie sie das Geld ausgeben könnte. „Aber vielleicht spare ich es auch. Man weiß ja nie, wann man einmal einen Notgroschen gebrauchen kann."

Unser Flug wurde aufgerufen, und wir freuten uns, dass wir eine ruhige Reise ohne Störung genießen konnten. Ein strahlender Frühlingstag erwartete uns am Zielort, und in der

Ankunftshalle entdeckten wir bald ein bekanntes Gesicht.

Es gehörte Justin, der freudig auf uns zukam und uns mit einer herzlichen Umarmung begrüßte.

„Ihr wart aber auch ewig weg", sagte er mit einem verliebten Blick auf Amy.

Die Amerikanerin lachte. „Vielleicht gibt es bald jemanden, dem es leid tun wird, dass wir schon wieder hier sind", orakelte sie.

Er sah sie erstaunt an. „Wie meinst du das?"

„Ach, ich meine nur meinen Friseur. Meine Haare sind wieder einmal völlig ohne Form. Er verzweifelt immer daran, weil ich so viel Stroh auf dem Kopf habe."

„Du hast wunderschönes schwarzes Haar", bemerkte er, während er uns zum Auto führte.

„Was? Du liebst schwarzes Haar", neckte sie ihn.

„Und ich dachte, ihr seid alle so vernarrt in die

Badende Venus von Sankt Augustine, die nachts in den Delphin-Brunnen steigt."

„Die interessiert mich überhaupt gar nicht", behauptete er. „Und ich war auch gestern nicht mit auf dem Balkon, als die anderen dort gewartet haben."

„Und? Wie war es? Hast du etwas verpasst?" fragte sie ihn, obwohl wir darüber informiert waren, dass sich am Brunnen nichts getan hatte.

„Das ist mir alles völlig egal. Das sind doch Kindereien. Dafür habe ich nichts mehr übrig. Da höre ich mir lieber ein schönes Konzert im Schloss an. Hast du Lust, heute Abend mit mir im gelben Salon einem Klarinettenkonzert von Bernhard zuzuhören? Heute spielt er ganz viel Mozart. Ist ja auch mal etwas Schönes!"

„Von Benny Goodman habe ich da einiges gehört, von Mozart auf der Klarinette. Das hat natürlich mein Ohr verwöhnt. Aber Bernhard soll ja auch schon ein großer Musiker sein. Trotzdem, ich weiß es noch nicht, ob ich Zeit habe. Tut mir leid, Justin! Falls ich dir absagen muss, darfst du das nicht persönlich nehmen."

Auf der Rückfahrt bis nach Sankt Augustine ließ sich Justin erzählen, wo wir überall in Frankreich gewesen waren, und was wir gesehen hatten. Als er erfuhr, dass wir weder von den bekannten Orten, noch von der Landschaft genauere Einblicke bekommen hatten, zeigte er sich entsetzt. „Das ist eine Katastrophe! Wie kann man nur in diese schöne Gegend fahren, ohne ein eine einzige alte Stadt oder ein Mohnfeld gesehen zu haben!"

„Wir waren ja nur als Boten von Rossini unterwegs", entschuldigte ich uns. „Dennoch haben wir ein paar typische, französische

Eindrücke gewonnen, zum Beispiel in den Gärten, in Petits Villa, im Weingut des Grafen von Thaisenau und bei dem Künstler Gabin im alten Natursteinhaus. Aber ich kann dich beruhigen, ich war schon ein paar Mal dort und weiß, welche Schätze ihr da habt. Ich kann die Gegend nur jedem empfehlen, der sich einmal im Urlaub erholen und gleichzeitig kulturell erbauen lassen will.

Er wandte sich an Amy. „Im Sommer werde ich vier Wochen zu meinen Eltern fahren. Wenn du magst, kannst du mitkommen. Also nicht, dass du jetzt irgendetwas denkst, einfach so in Freundschaft. Dann kann ich dir diese Gegend einmal zeigen, in den Semesterferien, meine ich."

Amy zwinkerte mir zu. „Ach so ja, in Freundschaft. Das ist natürlich wichtig. Darauf bestehe ich auch. Aber nur, wenn ich mich an den Unkosten beteiligen darf. Wir haben nämlich gerade etwas Geld verdient. Davon könnte ich dir dann auch einmal ab und zu ein Eis spendieren. Wen darf ich denn noch alles mitbringen? Abigail vielleicht?"

„Oh …eh", stotterte er, „aber Abigail ist doch verheiratet und frisch verliebt. Die möchte doch bestimmt lieber mit Ermanno verreisen. Von mir aus musst du niemanden sonst noch mitbringen. In einer Gruppe kann man die Kunst nie so intensiv genießen, und die Natur genauso wenig. Und ich denke, sogar in einer Kirche oder einem anderen historischen Gebäude kann man in der Stille mehr wahrnehmen."

Sie verkniff sich ein Lachen und zwinkerte mir erneut zu. „Wenn du meinst?! Bei uns in Amerika ist das anders, da ist auch immer viel Trubel. Aber sicher hast du Recht. Du kennst

Frankreich besser als ich, du weißt eben, wie man es dort macht. Dann richte ich mich eben nach dir."

Justin begann von seinem Elternhaus und seiner Familie zu erzählen und wir konnten spüren, dass er einer harmonischen Familie entstammte. Er erzählte von seinem Vater, der eine Arztpraxis besaß und seiner Mutter, die in ihrem großen Haus fremde Kinder betreute, die Probleme mit ihren leiblichen Eltern hatten.

„Bei uns wird immer sehr viel musiziert, das wirkt auch oft wie ein Heilmittel auf die Kinder. Und für die mit dem großen Frust haben wir eine ausgebaute Scheune, in der dürfen sie dann die Trommel schwingen und mit dem Becken und dem Schlagzeug Lärm machen."

„Das gefällt mir", fand Amy. Ich entdeckte ihn ihren Augen ein paar schalkhaft Fünkchen, als sie weiter sprach. „In dieser Scheune wirst du mich dann bestimmt auch finden."

Er ließ sich nicht aus der Ruhe bringen. „Bei uns kann jeder die Musik machen, die ihm passt. Auch du, liebe Amy."

Ohne es zu bemerken hatten wir die weite Strecke hinter uns gelassen und befanden uns plötzlich schon am Ortseingang von Sankt Augustine, unserer augenblicklichen Heimat.

Nach wenigen Metern lenkte Justin das Auto auf dem Parkplatz vor dem Schloss.

Adelaide begrüßte uns, als seien wir lange Zeit fort gewesen und verwöhnte uns in der Schlossküche mit Kaffee und Kuchen.

„Und ihr könnt auch gleich sitzenbleiben, es gibt gleich ein gemeinsames Gulaschsuppen- Essen", bot sie uns an.

Amy stöhnte. „Essen! Immer reden alle vom Essen. In Frankreich mussten wir auch dauernd essen. Erst bei Monsieur Petit, dann im Schloss bei den Thaisenaus, und jetzt sollen wir hier auch schon wieder essen. Nein, das tut mir jetzt leid. Nach dem Kuchen muss ich streiken. Ich habe auch noch ein paar dringende Telefonate."

Justin sah sie enttäuscht an. „Schade, jetzt bist du gerade gekommen und hast nun schon wieder etwas zu tun. Denkst du an das Konzert heute Abend?"

„Ich versuche es", tröstete sie ihn.

Als sich die junge Amerikanerin aus der Küche schlich, folgte ich ihr, ohne dass sie es merkte. Ich wusste selbst nicht, warum ich es tat. Vielleicht einfach nur aus Neugier, oder um sie gegebenenfalls zu schützen, falls sie sich in Gefahr begab?

Leise tappte ich hinter ihr her, durch die Halle bis hin in den Seitentrakt, wo die Studenten wohnten. Ich drückte mich in eine Türnische.

Sie eilte schnurstracks auf Jacques Kammer zu und klopfte an die Tür.

Jacques öffnete einen Spalt breit. „Hi Amy, ihr seid wieder zurück? Was gibt es?"

„Es geht um eines deiner Bilder. Du hast mir doch neulich das bunte gezeigt, mit dem großen Auge darauf. Ich hätte einen Käufer für dich. Darf ich es mir noch einmal anschauen?"

„Ach so, ja, natürlich", antwortete er, ließ sie herein und schloss die Tür hinter ihr.

Was war das jetzt? Musste ich mir darüber Gedanken machen? Eigentlich nicht. Warum sollte sie nicht jemanden kennen, der Interesse an einem Bild von ihm hatte. Möglicherweise hatte sie gerade von jemandem eine Kurznachricht deswegen bekommen. Aber hatte sie mir nicht in Frankreich noch gesagt, sie müsse sich jetzt gleich um den Täter kümmern? Ihn beschatten? Was, wenn sie nun Jacques für den Täter hielt? Kam er denn als Täter infrage? Natürlich, er wohnte hier in Sankt Augustine und hatte als angehender Maler Bezug zur Kunst und zu Skulpturen. Vielleicht hat er auch Gelegenheit gehabt, die Badende Venus im Turm zu stehlen. Aber das hieße ja dann auch, dass sie ihn für den Schnurrbart-Mann hielt. Sah er diesem Phantombild ähnlich. Nach der ersten Überlegung konnte ich keine Ähnlichkeit finden. Jetzt musste ich diesen Gedankengang einmal zu Ende spinnen. Falls sie ihn für den Täter hielt, dann musste er in Frankreich gewesen sein bei den Thaisenaus und dort den Plan gestohlen haben, mit dem er dann die Geheimtüren im

Rosenturm entdeckt hatte. Im Anschluss daran oder vielleicht auch schon vorher, war er bei Robert gewesen und hatte ihm das kriminelle Geschäft vorgeschlagen. War er dazu imstande? Gut, er konnte fließend zwei Sprachen sprechen. Er war aus Deutschland und hatte in Marseille gelebt, also konnte er sich mit Thaisenau und Gabin verständigt haben. Ob er irgendwelche Schulden hatte oder für irgendeinen Zweck viel Geld brauchte? Möglicherweise wollte das Amy herausfinden. Vielleicht irrte ich mich aber auch, und sollte erst einmal anderen Spuren nachgehen?

Vielleicht waren auch Amy und er ein heimliches Liebespaar?

Ich trat den Rückweg an und fand Justin in betrübter Stimmung, als er in der Küche gedankenverloren seine Gulaschsuppe löffelte.

„Ich glaube, sie interessiert sich nicht für mich", beklagte er sich bei mir. „Ich glaube, sie ist hinter diesem Jacques her, den hat sie schon vom ersten Tag an hier im Schloss verfolgt."

„Du meinst Amy? Wirklich? Hast du so etwas gesehen? Haben die beiden denn irgendwelche Gemeinsamkeiten? Außer der Kunst noch irgendein Hobby? Worüber haben Sie gesprochen?"

Er sah mich erstaunt an. „Warum interessiert dich das auf einmal so? Das ist doch ganz einfach. Sie ist eben in ihn verliebt. Da ist es völlig egal, ob man ein gemeinsames Hobby hat oder nicht. Man will einfach nur zusammen quatschen und zusammensein, jede freie Minute."

„Ich war ja nun eine Zeit lang mit Amy zusammen. In Frankreich konnte ich sie ein bisschen besser kennen lernen und habe auch etwas aus ihrem aktuellen Leben erfahren. Sie hat mir nichts davon erzählt, dass sie irgendetwas mit Jacques hat. Es könnte mit seinen Bildern zu tun haben, davon habe ich jedenfalls etwas mitbekommen."

„Ich weiß nicht, ob ich das glauben kann", sagte er betrübt. „Wenn sie sich für seine Bilder interessiert, interessiert sie sich auch für ihn als Mensch. Das hängt oft miteinander zusammen."

Ich strich ihm tröstend über den Arm. „Kein Grund, die Hoffnung aufzugeben. Die Schlossherrin Adelaide, die so viele Jahre auf ihren Moro warten musste, hat einmal den Satz ausgesprochen: die Liebe besteht, solange du an sie glaubst. Sie ist wie ein Feuer, das du nie zu früh auslöschen solltest."

„Danke, dass ich so ehrlich zu dir sprechen kann! Du bist für mich wie eine große Schwester.

Leider ist meine momentan sehr weit weg, sie war sonst auch immer mein Kummerkasten und hat mich früher getröstet, wenn ich in der Schule schlechte Noten hatte."

Ich legte den Arm tröstend um seine Schultern.

„Und jetzt bin ich eben deine große Schwester, finde ich übrigens toll, einen so netten kleinen Bruder zu haben. Aber jetzt musst du mich bitte erst einmal entschuldigen! Ich sehe da gerade meine Freundin Greta. Wir haben uns jetzt auch eine ganze Weile nicht gesehen, und ich schätze, sie hat mir eine ganze Menge zu erzählen. Und denke daran, Kopf hoch, kleiner Bruder!"

Greta steuerte auf mich zu und mit ihr ein kleiner Terrier, der ungestüm an der Leine zerrte.

Sie umarmte mich mit wilden Gesten, während sich der Hund mit seiner Leine um unsere Füße wickelte. Es dauerte eine Weile, bis wir uns wieder entwirrt hatten.

„Ist das dein Hund?" erkundigte ich mich erstaunt.

„Na klar. Henri hat ihn gestern abgeholt. Er heißt Don Ciccio Corleone, aber er wird von allen nur kurz Leo genannt."

„Das ist ja eine erstaunliche Neuigkeit. Und Henri hat ihn selbst in die Familie geholt. Hat er dir denn auch erzählt, warum er erst so dagegen war?"

„Noch nicht genau. Es muss mit einem Hund zu tun haben, den er einmal besaß, und der auf eine sehr tragische Art und Weise ums Leben kam. Um diesen Hund hat er dann bis heute noch getrauert. Aber später einmal will er mir auch mehr darüber sagen. Ich werde ihn auf jeden Fall nicht drängen. Ich habe ihm gesagt, er muss gar nicht mehr darüber reden, wenn es ihn zu sehr schmerzt. Schließlich hatte er in seinem Leben schon genug Trauriges zu verarbeiten, besonders nach dem tragischen Tod seiner Frau. Da will ich ihn nicht noch unnötig quälen."

„Ja, das kann ich verstehen. Aber erzähl doch mal, was sagen denn die Kinder zu diesem kleinen Wildfang?"

„Jeder möchte ihn am liebsten den ganzen Tag um sich herum haben. Sie spielen mit ihm, sie kraulen ihn, und sie möchten ihn am liebsten auch als Schlaftier im Bett haben. Zum Glück gibt es keinen Streit darüber, denn Leo hat beschlossen, an meinem Fußende zu schlafen."

„Du schläfst wieder in deinem Holzhaus im Blumenviertel?"

Sie grinste. „Nein. Ich wohne bei Henri und den Kindern, aber noch haben wir getrennte Zimmer.

Schließlich ist es für die Kids auch eine Umstellung, und obwohl wir uns mögen, sollen sie sich erst einmal langsam daran gewöhnen."

„Du bist schon okay", lobte ich sie. „Solch eine Situation ist im Allgemeinen schwierig, aber du kriegst das bestimmt hin."

Ihr Gesicht wurde ernst. „Komisch, nicht wahr. Vorher waren meine Partnerschaftsversuche immer katastrophal, und ich habe ganz oft daneben gegriffen. Aber auf einmal kam Henri mit seiner Problem-Familie, und schon fühle ich mich am rechten Fleck."

„Du bist eben privat und beruflich eine Mutter Theresa", neckte ich sie. „Und du brauchst eine lohnende Aufgabe."

„Und was gibt es bei dir Neues? Seid ihr etwas weiter gekommen durch die Recherchen in Frankreich?"

„Das Ganze ist wieder mal wie ein großes Puzzle. Ein paar wichtige Ecken und Ränder haben wir gefunden, aber der Hauptteil des Bildes, in der Mitte, da gähnt uns noch eine große Leere entgegen."

„Und gibt es etwas über die lebende Badende Venus? Ist sie noch einmal aufgetaucht?"

„Hier im Schlosspark auf jeden Fall noch nicht wieder. Wer weiß, wo sie im Augenblick wartet. Aber so, wie es aussieht, wird sie bestimmt wiederkommen. Denn mittlerweile glauben Amy und ich, dass sie etwas mit der Tat zu tun hat."

„Wie interessant", fand Greta. „Aber jetzt muss ich wieder gehen, ich wollte dir nur einen kurzen Besuch abstatten, um dir Leo zu zeigen, und damit du weißt, dass wenigstens bei uns wieder alles in Ordnung ist."

Wir verabschiedeten uns mit einer herzlichen Umarmung, wobei sich der Hund dieses Mal manierlich abseits hielt, weil sein Interesse einer anderen Person galt, die uns gemeinsam mit Adelaide entgegenkam.

Es handelte sich um Niklas, der ein Gespräch mit mir suchte. Wir zogen uns in die Couchecke der Eingangshalle zurück.

„Danke für die ständigen Informationen", wandte er sich an mich, nachdem uns Adelaide verlassen hatte. „Wir haben inzwischen das Phantombild einmal mit den Bildern möglicher Täter verglichen. Aber so wie es aussieht, ist dieser Martin, oder wie immer er auch heißt bisher noch nicht aktenkundig, noch nicht auffällig geworden. Wir sind sonst bisher auch noch nicht weitergekommen. Wir haben lediglich ein paar DNA-Spuren gesammelt von Personen die durch das Nebenhaus in den Rosenturm gelang sind.

Wir sind gerade dabei, sie abzugleichen mit der DNA von den Personen, die sich auch dort aufhalten müssen, zum Beispiel zum Reinigen oder Restaurieren. Zu welchen Erkenntnissen bist du inzwischen gekommen, Abigail?"

„Dann bewahrt sie mal hübsch auf", riet ich ihm. „Sollten Amy und ich dir in der nächsten Zeit einen Täter präsentieren, könntest du die Spuren damit abgleichen."

Er sah mich durchdringend an. „Nanu? Das klingt ja so, als hättet ihr schon einen Verdacht."

„Amy hat schon einen Verdacht, und sie hat auch schon einen Plan, bei dem ich sie bis morgen gewähren lassen soll, damit nichts Falsches geschieht. Danach will sie die Falle zuschnappen lassen, wie sie voller Optimismus glaubt."

„Prima, dann halten wir uns also in Bereitschaft. Ich werde auch Ben und die anderen alarmieren, damit wir rechtzeitig am Ort sind. Also glaubt Amy, dass der Täter schon bald erneut zuschlagen will."

„Der Dieb war auch an der Karte vom Schloss interessiert, nicht nur an der vom Rosenturm. Diese Karte hat er wohl auch bei den Thaisenaus entwendet. Und möglicherweise ist darauf auch eine Geheimtür verzeichnet, die wir bisher noch nicht kennen. Es ist also gut, wenn ihr euch mal ab und zu im Schlosspark ein bisschen umseht."

Adelaide erschien und schlug den Gong in der Eingangshalle, das bedeutete, dass in der Schlossküche die Gulaschsuppe eingenommen wurde. Sie lud den Kommissar ebenfalls ein, aber er lehnte dankend ab. „Nichts gegen eure wunderbare Gulaschsuppe, liebe Ada! Aber

Jasmin hat in den letzten Tagen sehr oft auf mich verzichten müssen, weil ich keine Zeit für sie hatte, da möchten wir heute einmal einen Abend zu Zweit verbringen. Und nicht einmal Bernhards Konzert kann uns locken. Allerdings, sollte etwas Außergewöhnliches passieren, innerhalb von fünf Minuten bin ich bei euch. Ansonsten wird Ben vermutlich öfter einmal im Park herumspazieren."

Sie erschrak. „Was ist denn los? Ist irgendetwas passiert? Müssen wir uns auf irgendetwas vorbereiten?"

„Absolut nicht. Wir haben keine konkreten Hinweise auf irgendeine bevorstehende Tat. Wir wollen einfach nur vorsichtig sein, damit nicht wieder etwas gestohlen wird. Moro und du, ihr habt doch jetzt genug Kummer gehabt."

Sie atmete erleichtert auf. „Na, dann ist es ja gut. Nach diesen vielen Aufregungen können wir wirklich etwas Ruhe vertragen."

Bevor sie den Kommissar zum Tor geleitete, drückte sie mir Amys Handtasche in die Hand. „Bitte nimm deiner neuen Freundin noch die vergessene Tasche mit. Wir können uns zwar hier alle vertrauen, aber wer weiß, wer sich sonst noch hier so einschleicht. Da will ich lieber auf Nummer sicher gehen."

***

Mein Gepäck, das noch im Flur stand und Amys Handtasche trug ich nach oben in die kleine Dachwohnung, die Ermanno und ich im obersten Stockwerk des Schlosses bewohnten.

Dort duschte ich erst einmal und verstaute die Gepäckstücke. Nach einer heißen Tasse Schokolade, die ich mir wie in alten Zeiten gönnte, warf ich einen Blick auf die Handtasche der jungen Amerikanerin und bemerkte, dass sie offenstand.

Hoffentlich hatte ich beim Tragen daraus nichts verloren!

Ich nahm sie in die Hände und entdeckte ein helles Papier, das mit einer Ecke aus der Tasche herausragte. Das konnte der Brief sein, der das Geld von Petit und den Gutschein enthielt. Mit zwei Fingern fasste ich das Schriftstück und wollte es schnell und unbesehen in die Tasche schieben, als ich erkannte, dass es sich nicht um den Brief, sondern um einen Grundriss handelte.

Jetzt packte mich doch die Neugier, und ich zog das Dokument vollständig heraus.

Beinahe ließ ich es fallen, als ich entdeckte, dass es sich um den Grundriss dieses Schlosses handelte, und noch mehr wunderte ich mich, als ich sah, dass dieser Grundriss andere Eintragungen hatte, als der, den mir Amy im Weingut in Frankreich auf den Nachttisch geschoben hatte. Tatsächlich gab es darauf noch zwei Geheimtüren, die bisher allen Bewohnern hier unbekannt waren.

Wie kam Amy an diesen Plan? Und warum hatte sie ihn mir nicht gegeben? Warum hatte sie mir lediglich den alten Plan, den ich bereits kannte, auf den Nachttisch gelegt?

In meinem Kopf rotierten die Gedanken und ich hatte Mühe, sie zu sortieren. Da schoss mir nun eine ganze Reihe von Möglichkeiten durch den Kopf.

Vielleicht hatte Amy nur vergessen, mir diesen Grundriss zu geben?

Vielleicht hatte sie ihn aber zurückbehalten oder sogar absichtlich vertauscht.

Aber warum?

Wenn sie die Vermutung hatte, dass Jacques der Dieb war, wollte sie dann ohne meine Begleitung dem vermeintlichen Täter hinterherspionieren und durch diese Türen ein- und ausgehen? Aber was hatte das für einen Sinn? Die hübsche Amerikanerin hatte eine zarte Figur, sicherlich war sie nicht sehr stark. Wenn Jacques wirklich etwas mit dem Diebstahl zu tun hatte, konnte er sie leicht außer Gefecht setzen, denn er war groß und stark.

Tatsächlich brauchte ich noch eine zweite Tasse Schokolade, um mein Denken weiter anzukurbeln.

Mit einem Mal kam mir ein furchtbarer Verdacht.

Konnte die reizende Amy vielleicht die Komplizin von Jacques sein? Dann ergäbe die ganze Geschichte einen Sinn.

Ich begann, sie von Anfang an zu konstruieren.

Jacques und Amy konnten sich schon eine ganze Weile kennen, auch, bevor sie hier als Kunststudenten neu hier einzogen.. Vielleicht waren sie sogar beide keine Kunststudenten, sondern gaben es nur vor, um sich in die Kunstszene und in Moros Schloss hier einschleichen zu können.

Den Coup, die Badende Venus zu stehlen, mussten sie lange vorher gut geplant haben. Dafür waren sie dann zuerst in Frankreich bei den Thaisenaus gewesen und hatten sich nach den Dokumenten erkundigt. Einer von beiden war dann wohl auch fündig geworden, ganz besonders mit einem Grundriss für den Rosenturm und das angrenzende Gebäude.

Im Anschluss daran waren sie wohl auch bei Robert Gabin gewesen, wo Jacques dem Künstler dieses kriminelle Angebot unterbreitet hatte, die wertvolle Skulptur mehrfach zu kopieren. Und möglicherweise hatten sie auch irgendwo schon jemanden gefunden, der das Kunstwerk vervielfältigte. Aber damit hatten sie nicht genug. Nun wollten sie auch noch im Schloss ihren Raubzug fortsetzen, und dafür trug Amy das Dokument in ihrer Handtasche. Vermutlich wollten sie durch eine Geheimtür nach dem Raub fliehen.

Irgendwie konnte ich mir Amy als Diebin gar nicht vorstellen. Allerdings, hatte Robert nicht auch behauptet, sie schon einmal gesehen zu haben? Aber warum hatte sie Jacques dann mir gegenüber als Dieb entlarvt, ihn überführt?

Es passte alles, aber irgendwie passte es doch nicht. Es schien etwas zu fehlen in meinem Gedankengang, den ich immer wieder nachvollzog.

Welche Rolle aber spielte nun die Badende Venus dabei, die, die wir am Brunnen gesehen hatten?

Wieder beschlich mich ein erschreckender Gedanke. Wenn das nun auch Amy war?

Vielleicht war das irgendeine Art Ablenkungsmanöver?

Oder gab sie damit Jacques ein Zeichen?

Diesen Gedanken verwarf ich wieder, nein, ein Zeichen brauchten die beiden nicht. Sie trafen sich auch in dem Zimmer des Studenten, ganz ohne es geheim zu halten. Und sie hatten vorher so häufig miteinander gesprochen, dass es sogar Justin aufgefallen war.

Meine Gedanken sprangen hin und her.

Amy hatte schwarze Haare, vielleicht hatte sie beim Gang zum Brunnen eine Perücke benutzt. Die konnte sie aber inzwischen leicht beseitigt haben.

Es sei denn, sie hatte vor, ihre Rolle als Badende Venus noch einmal zu spielen.

Ich musste unbedingt in ihr Zimmer und nach der Perücke suchen.

Aber wann? Am besten gleich am Abend, falls sie mit Justin das Konzert besuchen sollte.

Sollte ich irgendjemanden in meinen Plan einweihen? Den Kommissar vielleicht?

Kurz entschlossen brachte ich die Handtasche zu Adelaide zurück.

„Bitte heb du sie irgendwo für Amy auf und sage ihr nicht, dass sie inzwischen in meiner Obhut war! Aber denke dir einfach einmal nichts dabei. Ich habe nur einen Plan."

Sie lächelte. „Willst du mir etwas darüber verraten?"

„Lieber noch nicht allzu viel", ich sah sie bittend an. „Es könnte nämlich sein, dass unsere liebe Amy die schöne Badende Venus ist. Ich bin da vielleicht einem Geheimnis auf der Spur. Aber das soll noch niemand wissen, bis ich vollkommene Klarheit habe."

Sie sah mich verwundert an. „Amy? Die Badende Venus? Ja, vielleicht mit einer Perücke. Die

Figur hat sie ja dazu. Aber hat Bernhard nicht erzählt, dass er sie an dem Abend in seinem Zimmer angetroffen hat? Im Schlafanzug und schon im Bett?"

„Um sich den Schlafanzug anzuziehen, hatte sie genügend Zeit. Und auch, um schnell einmal ins Bett zu springen oder das Bett zu zerwühlen, damit es so aussieht, als habe sie darin geschlafen. Ein wirkliches Alibi hat sie nicht."

Adelaide überlegte. „Ja, eigentlich, wenn ich mir jetzt so ihr Gesicht vorstelle, dann könnte sie sich mit etwas Schminke schon so zurechtgemacht haben, dass sie dem Bildnis auf dem Spiegel gleicht. Sagte sie nicht, dass sie Bildhauerei studiert? Dann hat sie bestimmt auch Talent, wie eine Maskenbildnerin zu arbeiten. Aber warum sollte sie das getan haben? Aus welchem Grund geht eine junge Frau in einer späten Maiennacht halbnackt in einen Brunnen im Schlosspark?"

„Das weiß ich auch noch nicht. Aber ich hätte jetzt noch eine Bitte! Wenn die beiden, Justin und Amy heute Abend Bernhards Klarinettenmusik lauschen, darf ich dann einmal mit deinem Universalschlüssel in das Zimmer der jungen Amerikanerin gehen, um dort nach einer Perücke zu suchen?"

Die Schlossherrin überlegte und verzog dabei das Gesicht, das nun sehr bedenklich aussah. „Amy ist mir eigentlich sehr sympathisch, Und sie kommt mir auch ehrlich vor, sollen wir nicht lieber warten, bis sie uns von selbst etwas darüber erzählt? Vielleicht möchte sie sich mit uns nur einfach einen Scherz erlauben?"

„Vielleicht, ja. Aber ich fürchte, da steckt doch mehr dahinter, als wir ahnen, und ich möchte nicht, dass ihr beide, du und Moro, einmal mehr enttäuscht werdet. Es ist nur eine Vorsichtsmaßnahme. Ich werde auch nicht in ihren Sachen herumwühlen, sondern nur einmal ganz oberflächlich nachschauen, ob sich mein Verdacht bestätigt."

„Komm erst mal mit mir in die Küche! Es ist noch ein Rest von der Gulaschsuppe da, du siehst schon ganz verhungert aus. „Und im Übrigen kann die kleine Amerikanerin von mir aus auch nachts in unseren Brunnen tanzen, wenn ihr das nicht zu kalt ist. Wir haben doch schon so viele schöne künstlerische Darbietungen im Schloss, die Konzerte, die kleinen Theateraufführungen, warum sollten wir dann nicht auch jemanden draußen im Park tanzen lassen?"

Nachdenklich folgte ich ihr. „Vielleicht hast du Recht! Sie sah ja sehr hübsch aus, diese Venus!"

Ich verschwieg ihr, dass ich Amy in Verdacht hatte, die Komplizin eines Diebes zu sein, und in diesem Moment, als mir das richtig bewusst wurde, stellte ich sofort meine Theorie infrage. Diese liebenswerte junge Frau konnte doch niemals eine Betrügerin oder eine Dieben sein! Was war da nur in meinem Kopf vorgegangen, sie derart zu verdächtigen?

Und doch ließ es mir keine Ruhe, ich musste eben auch jeden Verdacht ausräumen und dazu würde ich ihr Zimmer untersuchen müssen.

In der Küche servierte mir Carla einen Teller Suppe und setzte sich neben uns. „Ihr habt eine heiße Spur in Frankreich gefunden? Dann wird der Dieb wohl nicht mehr lange eine Chance haben."

„Ja, die Reise nach Frankreich war sehr sinnvoll. Es ist zwar anders gelaufen, als wir es uns vorgestellt haben, aber es gibt nun jemanden, den wir etwas näher beobachten, " antwortete ich geheimnisvoll.

„Nach dem Konzert wollen wir wieder auf dem Balkon auf die Venus warten. Bist du heute Abend mit dabei, Abigail?"

„Ja klar, ich würde sie auch gern noch einmal sehen. Die Suppe ist übrigens ausgezeichnet. Du und Ada, ihr seid wirklich Spitzen-Köchinnen."

In diesem Augenblick betrat Amy die Küche und Carla beeilte sich, ihr ebenfalls einen Teller mit Suppe zu reichen.

„Na schön. Du hast mich überredet, Carla", meinte die Amerikanerin lächelnd. „Inzwischen habe ich wieder etwas Appetit bekommen."

Ada wandte sich an Amy. „Du hattest deine Handtasche stehen lassen, ich habe sie in

Verwahrung genommen. Ich bringe sie dir gleich."

Die junge Amerikanerin erschrak. „Oh wirklich? Da muss ich wohl demnächst auch auf meinen Kopf aufpassen, dass ich ihn nicht irgendwo vergesse. Es ist nämlich jede Menge Geld darin, nicht wahr, Abigail?"

Ich nickte eifrig. „Der Inhalt deiner Handtasche ist sehr wertvoll. Da würden wohl einige Leute mit dir ganz gern tauschen."

Amy ließ sich die Suppe schmecken. „Ich bin übrigens wieder ein ganzes Stück weiter gekommen", wandte sie sich an mich, als Adelaide hinausgegangen war und Carla sich an den Töpfen zu schaffen machte.

Ich sah sie erwartungsvoll an. „Was hast du herausgefunden?"

„Dieser Jacques wird immer verdächtiger. Ich war vorhin in seinem Zimmer und ich habe mich da ein bisschen umgeschaut. Er hat von allen Schränken die Schlüssel abgezogen. Gut, vielleicht tun das auch übervorsichtige Menschen. Aber ich traue ihm schon zu, dass er dort irgendetwas versteckt, dass niemand sehen darf. Meinst du, wir können uns bei Adelaide einmal den Generalschlüssel geben lassen?"

Fast hätte ich mich verschluckt, und beinahe hätte ich laut losgelacht. Sie hatte also auch vor, jemandem auf diese Weise nachzuspionieren. Aber war genau das jetzt nicht eine Chance? Eine Chance, an den Schlüssel zu kommen?

„Ich werde Adelaide gleich danach fragen, wenn sie mit deiner Handtasche zurückkommt", versprach ich ihr und freute mich insgeheim auf das Gesicht der Schlossherrin.

Wenige Augenblicke später erschien Ada und reichte Amy die Tasche. „Ich fand sie, direkt nachdem du verschwunden bist. Es kann also keiner etwas herausgenommen haben."

Ich wandte mich an die ältere Dame. „Ach, Adelaide, unsere liebe Amy hat da noch eine Bitte an dich."

Sie sah mich erwartungsvoll an. „Ja, natürlich, und um was geht es?"

Ich versuchte ein Lachen zu verstecken. „Seit unserer Frankreichtour hat Amy jemanden im Visier, der ihr verdächtig erscheint. Und bei ihm möchte sie nun einmal im Zimmer nachschauen. Vielleicht nachher, wenn alle auf dem Balkon auf die schöne Venus warten. Sie hätte gern den Generalschlüssel von dir. Wärst du so freundlich und würdest ihn mir geben?"

Ihr Blick sprach Bände. „Das ist doch … Ja, ist denn das möglich? Das hätte ich aber jetzt nicht gedacht." Sie wandte sich an Amy. „Und das könnt ihr wirklich nicht auf irgendeine andere Weise herausfinden?"

Amy sah sie bittend an. „Liebe Abigail, bitte denke an deinen Ehemann. Er hat doch nun schon genug gelitten, dadurch, dass ihm ein gemeiner Dieb seine geliebte Venus stahl. Ich gehe davon aus, dass der Täter noch nicht zufrieden ist, denn er befindet sich ganz in unserer Nähe. Wenn er bereits genug gestohlen hätte, wäre er längst auf und davon. Aber er sitzt noch immer wie eine dicke Spinne versteckt ruhig in seinem Netz und wartet, bis er wieder zuschlagen kann. Das möchte ich euch einfach nicht zumuten. Du kannst ganz sicher sein, dass dieses Mal der Zweck die Mittel heiligt."

Die Schlossherrin stöhnte. „Also gut, ich vertraue euch. Aber lasst euch auch bitte nicht erwischen! Wann wollt ihr diese Geheimmission durchführen?"

„Am besten, während alle auf dem Balkon auf die Badende Venus warten", fand Amy. „Könntest du, liebe Ada, diesen Deutsch-Franzosen Jacques dann vielleicht in ein langes Gespräch verwickeln?"

Sie seufzte hörbar. „Na schön. Dann werde ich euch auch dabei noch helfen, ich hoffe nur, dass ihr wirklich auf der richtigen Spur seid. Aber ihr verdächtigt doch hoffentlich nicht wirklich diesen Jacques?!"

„Wollen wir es einmal so nennen, er führt uns auf den Weg zum Täter", redete sich die junge Amerikanerin heraus. „Du bist ein Engel, Adelaide! Du wirst es nicht bereuen."

Wir räumten unsere leeren Teller in die Spülmaschine und bedanken uns bei Carla und der Schlossherrin.

Ich zwinkerte Ada beim Hinausgehen noch einmal zu. „Bis später dann!"

***

Amy lud mich zu einem Spaziergang durch den Schlosspark ein. Ich lenkte den Weg zum Delphin-Brunnen, dessen Wasser im hellen Sonnenschein vergnügt vor sich hinplätscherte.

Wir setzten uns auf den Brunnenrand, und ich beobachtete das Gesicht der jungen Frau. „Ich bin schon sehr gespannt, wann uns diese schöne Frau in der Nacht wieder besucht. Vor allen Dingen interessiert es mich, warum sie hier in dieser Gestalt erscheint. Kannst du dir da etwas vorstellen?"

Amy klimperte mit den Wimpern. „Da kann ich mir auch keinen Reim darauf machen. Vielleicht macht es ihr ja einfach Spaß, den Schlossbewohnern ein Rätsel aufzugeben. Oder sie hat vielleicht zu Hause kein Badezimmer."

Ich lachte laut und sah zum Schloss hin, weil mein Blick dort von mehreren beweglichen

Punkten angezogen wurde. „Schau mal! Wir werden beobachtet. Und das gleich von zwei männlichen Personen."

Amy blickte in die gleiche Richtung. „Ja, richtig. Jetzt sehe ich es auch. Auf dem Balkon im ersten Stock steht Jacques und beobachtet uns. Und unten auf der Terrasse lässt uns Justin nicht aus den Augen. Ob sie vielleicht darauf warten, dass wir in den Brunnen steigen?"

„Vermutlich sind sie beide in dich verliebt. Da hast du wirklich eine vielseitige Auswahl", scherzte ich.

Der Duft von Jasmin schwebte zu uns herüber. „Du hast ja Recht, Abigail. Justin ist schon mein Typ. Und er ist auch so romantisch, wie man es selten bei einem Mann findet. Und er ist ein sehr sensibler Künstler. Hast du schon einmal gehört, wie wundervoll der auf dem Piano spielt?"

„Bisher hatte ich dazu leider noch keine Gelegenheit. Hast du ihn schon etwas näher kennen gelernt?"

„Wir haben schon einmal einen langen Spaziergang durch den Park gemacht, er liebt auch die Blumen hier und die wundervollen Skulpturen von Rossini, Fleißig ist ja auch, denn er gibt ganz viel Klavierunterricht, um sein Musikstudium zu finanzieren."

Ich sah, dass sie Feuer gefangen hatte, denn ihre Augen leuchteten, als sie von ihm sprach. Ich entschloss mich, sie ein wenig zu necken. „Ja, aber dann könnte er doch auch der Täter sein, wenn er Geld braucht."

„Das ist eben der Unterschied zwischen diesen beiden jungen Männern. Justin arbeitet dafür, auf ehrliche Art und Weise. Aber Jacques verkauft die Dinge, die ihm nicht gehören."

„Das verstehe ich jetzt nicht, Amy. Gut, du vermutest, dass er die Badende Venus gestohlen hat und mit den Kopien Geld verdienen will. Aber ansonsten verkauft er doch auch seine eigenen Bilder, die er vorher gemalt hat."

„Eben nicht. Er hat sie nicht selber gemalt. Er ist überhaupt kein Künstler, und gibt die Bilder nur als seine eigenen aus. Du kannst mir glauben, ich verstehe etwas von Gemälden. Als wir gerade neu hier eingezogen waren, hat er mir eines gezeigt, dass er angeblich am Vortag fertiggestellt hätte. Aber ich entdeckte, dass die Farbe schon sehr lange getrocknet war. Das machte mich misstrauisch. Weiter konnte ich beobachten, dass er Pakete von der Post holte, die Bilder enthielten. Und als er mir eines der Bilder zeigte, weil ich ihm sagte, ich könne es vielleicht für ihn verkaufen, da bemerkte ich eine frisch übermalte Stelle, genau da, wo jemand seinen Namenszug hingeschrieben hatte."

„Aber wenn das stimmt, dann ist er ja richtig kriminell", stellte ich staunend fest.

„Genau das denke ich ja auch. Und deswegen habe ich mir auch alles Weitere so zusammengereimt. Jetzt will ich nur noch auf eine gute Gelegenheit warten, ihm eine Falle zu stellen, und das kann schon bald geschehen."

„Du kannst auf mich zählen" versprach ich ihr.

In diesem Augenblick näherte sich uns eine männliche Gestalt, bald erkannten wir Jacques.

„Wenn man vom Teufel spricht", kommentierte Amy die Situation.

Der junge Mann gesellte sich zu uns. „Ah, zwei schöne Frauen am Brunnen! Schade, dass ich meine Leinwand nicht mitgebracht habe. Dann könnte ich euch jetzt malen."

„Das können wir sicher nachholen", schlug die junge Amerikanerin vor.

„Gern. Wann sollen wir das machen, Amy?" Seine Blicke hafteten auf ihr, maßen sie abschätzend von oben bis unten.

„Keine Ahnung, wann hast du Zeit?"

„Wenn du willst, sofort."

„Ah, nein. Das passt mir heute nicht mehr. Es ist ja schon Abend und wird gleich dunkel. Ich will mir gleich Bernhards Klarinettenmusik anhören. Aber wie wäre es denn morgen Mittag, hier am Brunnen im hellen Sonnenlicht?"

„Spielst du dann auch die Badende Venus?" lockte er sie.

„Lass dich überraschen!" versprach sie ihm.

In seinem Blick lag etwas Lauerndes. „Wir sind übrigens morgen hier fast ganz allein."

Sie sah ihn erstaunt an. „So? Warum denn?"

„Gestern war der Bürgermeister hier und hat nachgefragt, ob alle hier wohnenden Künstler morgen in den Märchenpark kommen können, um dort die Skulpturen und Märchenbilder zu reinigen. Das traut er nämlich nur Menschen mit sensiblen Händen zu, und er meinte, das sei eine besonders ehrenvolle Aufgabe für uns. Nun ja, er will uns dann später auch ein schönes Abendessen im historischen Gasthof „Zur Traube" spendieren."

Sie grinste. „Und du willst dich dann drücken, und mich stattdessen malen?"

„Ach nein, ich gehe vorher ein bisschen dorthin, dann machen wir hier eine schöne Siesta mit einer Maleinlage und hinterher helfen wir noch ein bisschen im Märchenpark. Das lässt sich doch gut kombinieren."

„Einverstanden. Morgen Mittag pünktlich um 12:00 Uhr."

„Wunderbar! Darf ich euch jetzt noch zu einem Spaziergang oder einem Kaffee einladen?" Amy schüttelte den Kopf. „Nein. Abigail und ich, wir haben noch etwas zu besprechen, es geht um eine Überraschung für Rossini."

„Nun ja, dann viel Spaß dabei. Aber ihr werdet nicht sehr weit damit kommen. Wie ich sehe, werdet ihr gleich wieder einen Störenfried abzuweisen haben. Der verträumte Mozart kommt auf euch zu."

Wir entdeckten Justin, der den Weg ebenfalls zu uns einschlug.

Jacques machte sich über einen Seitenweg eilig aus dem Staub und der junge Musikstudent näherte sich uns.

„Er war bestimmt eifersüchtig, als er Jacques hier bei dir stehen sah", vermutete ich.

Der junge Franzose brachte meiner neuen Freundin eine zartgelbe, duftende Rose mit und reichte sie ihr. „Magst du jetzt mit mir zum Konzert kommen? Es fängt bald an."

Sie sah ihn an. „Muss ich mich noch umziehen?"

Er schüttelte energisch den Kopf. „Oh nein! Du siehst wundervoll aus. So kann ich mit dir überall hingehen."

„Dann viel Spaß!" wünschte ich den beiden. „Ich will mich jetzt noch etwas ausruhen, damit ich später wieder auf den Balkon kommen kann, nach dem Konzert. Aber wann hört man einmal etwas von dir, Justin? Willst du uns nicht auch einmal etwas vorspielen?"

„Ich bin noch nicht gut genug", meinte er bescheiden. „Und in der nächsten Zeit werde ich erst mal dafür sorgen, dass ich Musiklehrer werde. Obgleich, mein Traumziel ist es schon, einmal als Pianist auftreten zu können."

„Das wird schon", munterte ich ihn auf. „Am besten spielst du einmal Adelaide etwas vor. Ihre Mutter war eine großartige Pianistin. Vielleicht kann sie sich auch ein bisschen um dich kümmern. Aber jetzt lasst euch nicht aufhalten!"

***

Als die beiden verschwunden waren, nahm ich einen Umweg am Pavillon vorbei und begab mich dann zu Adelaide, die gerade aus dem rechten Seitentrakt kam, um sich ebenfalls Bernhards Musikvortrag anzuhören.

Ich sah sie lächelnd an. „Und jetzt? Bist du so lieb und überlässt mir die Schlüssel?"

Ada lächelte ebenfalls. „Du Quälgeist! Hier, nimm ihn schon!" Sie reichte mir den Schlüsselbund. „Die Zimmer sind alle nummeriert und die Schlüssel auch. Soll ich ein bisschen Schmiere stehen? Moro hat sich gerade etwas hingelegt. Ich habe Zeit."

„Und das Konzert?"

„Wir haben hier fast jeden Abend ein Konzert. Da werde ich wohl eines davon auslassen können, ohne gleich davon zu sterben."

Ich umarmte sie. „Du bist ein Schatz! Sind die anderen schon oben?"

„Ja, ich war nämlich die Platzanweiserin und habe dann leise die Türe hinter den Zuhörern geschlossen. Es ist alles in bester Ordnung. Und die anderen, Helene, Jacques und August sitzen oben bei einer Flasche Wein auf dem Balkon und trinken sich schon einmal Mut an, damit sie vor dem Geist der schönen Venus nicht allzu sehr erschrecken, falls sie nachher auftaucht."

Leise tappten wir weiter in den Seitentrakt, in dem sich die Zimmer der Studenten befanden.

„Wo ist eigentlich Teresa? Ich habe sie noch gar nicht gesehen. Ist sie überhaupt schon angekommen? Sie sollte doch ein Seminar für die Künstler abhalten."

„Ja, sie ist auch schon angekommen. Aber momentan ist sie im Rosenturm, der von der

Kriminalpolizei schon wieder freigegeben wurde, weil die alle Spuren aufgenommen haben."

„Und was macht sie im Rosenturm? Ist wieder allein?"

„Sie hatte die Idee zu einer neuen Skulptur. Du kennst sie ja. Wenn sie einmal von etwas besessen ist, dann bleibt sie dran."

„Weißt du denn, um was es geht? Hat sie dir etwas verraten?"

„Es ist eine Skulptur, die sie für Giorgio entworfen hat. Aber mehr weiß ich darüber auch nicht."

Ich dachte an Teresa und Giorgio und an seine kurze Affäre mit Irene, an seinen zweiten Frühling, aus dem er schnell wieder zurückgekommen war. Hoffentlich hatte er weiter geschwiegen, hoffentlich wusste sie nichts davon. Teresa war nicht der Typ Frau, der verzeihen und vergessen konnte. Ich war mir sicher, dass die Wahrheit ihre Liebe zerstören konnte.

Wir waren am Zimmer mit der Nummer 15 angekommen. Adelaide blieb stehen, während ich versuchte, die Tür geräuschlos aufzuschließen.

Im Raum sah es recht chaotisch aus, Amy hatte alles überall kreuz und quer herumliegen. Dazwischen gab es Papiere und Bücher, die sich neben Klamotten verteilten.

Ich überlegte, wo sollte ich jetzt suchen? Und nach was genau?

Alles konnte verdächtig sein, aber besonders wichtig war es, diesen durchsichtigen Schleier der Venus oder die Perücke zu finden.

Ich bemühte mich, nicht noch mehr durcheinander zu bringen und hob nur ganz vorsichtig mit zwei Fingern einige Teile hoch, damit ich darunter nachsehen konnte, ob ich etwas Verdächtiges fand.

Als ich in dem kleinen Schlafraum nichts sah, wechselte ich in die winzige Dusche. Neben einem Badezimmerschränkchen entdeckte ich einen größeren Wäschesack. Ich griff tief hinein und spürte an meinen Händen etwas Weiches. Als ich es hervorzog, traute ich meinen Augen kaum. Wie ich es vermutet und vielleicht auch befürchtet hatte, verfingen sich meine Hände in den Haaren einer wunderschönen rötlichblonden Perücke.

Ich fotografierte den Wäschesack und die Perücke und verließ die Räumlichkeit.

Adelaide schien draußen schon etwas ungeduldig geworden zu sein, aufgeregt fragte sie mich: „Und? Was war jetzt?"

„Amy ist mit großer Wahrscheinlichkeit die Badende Venus, jedenfalls habe ich in ihrem Wäschesack die passende Perücke gefunden. Das muss ich jetzt erst einmal wirklich verdauen. Dann ist wohl unsere hübsche Amerikanerin der nächtliche Badegast."

„Ach wie schön!" fand die Schlossherrin. „Sie ist auch wirklich ein entzückendes Persönchen. Die jungen Leute kommen doch manchmal auf wirklich lustige und außergewöhnliche Ideen. Jetzt haben wir nun schon einen Nymphe im Brunnen, dann fehlt uns nur noch das Schlossgespenst. Meinst du, es steckt irgendeine Absicht hinter ihrem Bad?"

Was sollte ich dazu nur sagen? Für alle Verdachtsmomente hatte ich keine Beweise. Nicht einmal, dass Jacques wirklich der Täter war. Und auch nicht, dass ihm Amy als

Komplizin den Rücken stärkte. Dafür sprach allerdings jetzt eindringlich die gefundene Perücke, und auch die Tatsache, dass sich Robert Gabin an ihr Gesicht zu erinnern glaubte. Ich konnte Ada unmöglich schon jetzt etwas darüber verraten.

„Darüber rätsele ich auch noch. Aber ich kann sie jetzt nicht danach fragen, denn dann weiß sie, dass ich in ihrem Zimmer gewesen bin. Aber vielleicht ergibt sich nachher noch die Gelegenheit, sie etwas auszuhorchen, wenn ich mich mit ihr im Jacques Zimmer umsehe."

Sie seufzte tief. „Ach, das habe ich auch nicht gern. Immer diese Heimlichkeiten, aber wenn es wirklich wichtig ist, und ihr damit in dem Fall des Diebstahls weiterkommt, dann muss ich eben über meinen Schatten springen. Ich werde versuchen, Jacques in ein langes Gespräch zu verwickeln, damit ihr genug Zeit habt, euch ein wenig umzusehen. Denkt ihr etwa, er hat die Skulptur der Badende Venus in seinem Zimmer versteckt?"

„Nein. So dumm ist er sicher nicht. Amy hat etwas entdeckt, bei dem es um seine Bilder geht, von denen er zumindest einige nicht selbst gemalt hat."

„Das muss doch nichts heißen" fand Adelaide. „Vielleicht verkauft err die für einen Freund."

„Aber dafür müsste er nicht dessen Signatur über malen, das ist allgemein nicht üblich."

„Vielleicht hat ihn aber der Freund dazu sogar beauftragt, weil er glaubt, dass dich das Bild unter Jacques Namen leichter verkaufen lässt."

„Das kann man nicht ganz ausschließen, aber es ist sehr unwahrscheinlich, liebe Ada. Wir müssen einfach weiter Indizien sammeln, und hoffentlich finden wir auch einen Beweis."

„Ja, wir müssen es jetzt durchziehen." Sie führte mich in die Schlossküche, bereitete uns einen heißen Kakao zur Stärkung zu und schob mir ein Stückchen vom Panettone hin, das ich unbarmherzig in die Schokolade tunkte, wobei ich glücklich war, dass mich Moro dabei nicht sehen konnte.

Auch Adelaide dachte gerade an ihn,

„So, liebe Abigail. Ich werde jetzt noch einmal nach meinem Liebsten schauen, der sich schon zum Ausruhen etwas hingelegt hat. Und dann schicke ich dir Amy herunter, damit ihr euren Plan durchführen könnt und bleibe wie versprochen oben bei dem verdächtigen Kunststudenten."

„Danke, Ada!" Während ich ihr nachsah, wanderten meine Gedanken zu Amy. Wer war sie wirklich, diese hübsche, schwarzhaarige junge Frau? In den wenigen Tagen hatte sie mein Herz erobert durch ihre natürliche und offene Haltung. Konnte das alles von ihr auch gespielt sein? Seit ich es hier im Schloss und auch im Gemeindezentrum mit vielen Schauspielern zu tun hatte und Laura, die berühmteste Schauspielerin der Welt, sich zu meiner Freundin entwickelt hatte, war mir bewusst geworden, wie sehr sich die Welt der Fakten mit der einer künstlerischen Kreativität und der Fantasie überschnitten. In diesem Bereich konnte man erkennen, dass es im Leben nicht nur Schwarz und Weiß gab, sondern auch Nuancen, die man nicht allein mit den Augen wahrnehmen konnte. Alle Sinne waren gefragt, wenn es galt, einen

Menschen zu erspüren und seine Wege zu ergründen, und nicht zuletzt das Bauchgefühl.

Wer war Amy?

Ich fand keine Antwort auf die Frage, und eine halbe Stunde später riss sie voller Tatendrang die Küchentür auf und eilte auf mich zu.

„Komm, Abigail! Jetzt wollen wir doch sehen, was mit diesem Knaben los ist. Unsere liebe ältere Freundin hatte eine Superidee. Sie sitzt mit Jacques in dem Raum vor dem Balkon und lässt sich von ihm skizzieren. Alle anderen sind dort im Dunkeln auf der Veranda und erwarten gespannt die Frau im durchsichtigen Schleierkleid zu ihrer nächtlichen Reinigungszeremonie."

„Das ist prima", fand ich. „Vielleicht kannst du dann an der Skizze direkt sehen, ob sie etwas taugt, oder ob er völlig unbegabt ist. Dann lass uns mal losziehen!"

Sie folgte mir schweigend und mit leisen Schritten in den Seitentrakt und zeigte mir das Zimmer des Kunststudenten. Leise schloss ich die Tür auf, und Amy leuchtete mit der Taschenlampe im Raum umher. Ganz kurz öffnete sie auch die Schränke und Schubladen, in denen sie aber offensichtlich nichts Interessantes fand. Kurz entschlossen suchte sie sich ein kleines Bild heraus, das versteckt in einer Ecke stand. Es trug die Signatur von Jacques und passte gerade unter Amys Jacke.

„Ich glaube, das genügt erst mal", meinte sie. „Das werde ich heute Abend in meinem Zimmer genau untersuchen und nachsehen, ob es von ihm oder einem anderen gemalt worden ist, und vor allen Dingen auch, wo sich frische Farbe befindet." Sie schob mich aus dem Zimmer heraus. „Jetzt lass uns schnell verschwinden!"

„Und die Badende Venus?"

„Die hat er doch längst nicht mehr. Wer weiß, wo die sich befindet. Heute werden wir das nicht mehr erfahren. Aber ich habe meinen Plan schon fertig."

Ich sah sie erwartungsvoll an. „Wie lautet dein Plan?"

„Morgen Mittag wird er mich am Brunnen malen, das weißt du ja schon. Und dann werde ich ihm auf den Kopf zu sagen, dass er kein Maler ist, kein wirklicher. Und ich werde ihn weiter provozieren, bis ich es aus ihm herauslocke, dass er auch die Badende Venus gestohlen hat. Dafür musst du natürlich mit dem Kommissar direkt hinter den Büschen stehen, und er muss natürlich sein spezielles Gerät dort installieren, damit ihr beide alles mithören könnt, was am Brunnen gesprochen wird."

„Und du meinst, das funktioniert?"

„Ich will es versuchen. Das ist nämlich ein sehr günstiger Zeitpunkt, weil Carla und Adelaide in dieser Zeit in der Küche sind und den Mittagsimbiss vorbereiten, während Moro in seinem Zimmer ruht. Die übrigen sind alle im Märchenpark, weil sie die Figuren säubern. Also glaubt Jacques, dass wir allein sind. Und wenn wir Glück haben, wird er mich entweder erpressen wollen oder handgreiflich werden."

„Das nennst du Glück? Ich weiß nicht recht. Es hört sich sehr gefährlich an."

„Neben dem Brunnen sind einige Büsche, grüne Hecken. Da gibt es gute Möglichkeiten für euch, dort unterzutauchen. Wenn ich euch dort weiß, muss ich mir keine Sorgen machen. Und notfalls könnt ihr auch noch den Polizisten Ben hinzunehmen, er sieht mir etwas gelenkiger und flinker aus als der Kommissar, dein Freund Niklas."

Ich zögerte und überlegte. „Es ist ein Versuch wert. Und ich hoffe, dass Jacques keine Pistole besitzt."

Wir verschlossen den Raum wieder ordnungsgemäß und entfernten uns aus dem Seitentrakt.

„Selbst, wenn er eine besitzt, er wird sie nicht mitnehmen, wenn er mich malen will. Vielleicht wird er auch erst einmal eine Skizze anfertigen, und gegen den Bleistift werde ich mich schon zu wehren wissen. Jetzt gehe ich aber erst einmal zurück zu den anderen auf den Balkon, damit es nicht auffällt, dass ich so lange weg war.

Kommst du auch mit? Möchtest du auch auf die Badende Venus warten?"

Jetzt hatte ich die Gelegenheit, sie darauf anzusprechen, aber irgendeine Stimme in mir hinderte mich daran. „Nein, heute nicht. Ich möchte noch ein Gespräch mit Ermanno führen, und Robert hat mir auch einen Entwurf geschickt für das Geschenk, mit dem ich meinem Liebsten eine Überraschung machen möchte."

„Oh! Was ist es denn?"

„Er will auf einen kleinen Stein ein Enzian zaubern. Das bedeutet nicht nur symbolisch Verbundenheit mit der Bergwelt, sondern gilt auch als Zeichen für Liebe und Treue und ist auch ein Gleichnis für besondere Schönheit. Das soll dann die Schönheit unserer Gefühle ausdrücken."

„Wow!" Ihre wunderschönen, großen Augen weiteten sich. „Das ist schon mal eine Aussage! Übrigens, mit Justin im Konzert war es auch traumhaft. Ich hätte gute Lust gehabt, die Zeit anzuhalten. Er saß dicht neben mir, und ich habe ihn gespürt, mit allen Sinnen und mit meinem Herzen. Ich musste mich sehr zurückhalten, um ihn nicht zu berühren."

„Das hat dich ja ganz schön umgehauen, inzwischen", stellte ich fest. „Ich finde ihn aber auch sehr nett. Du hast einen guten Geschmack. Wo willst du jetzt mit dem Bild hin? Soll ich es für dich mit in meine Wohnung nehmen und du holst es dir später ab?"

Sie grinste. „Bleib cool! Ich kenne die Verstecke hier im Schloss."

Das war jetzt eigentlich ein Stichwort. Ich konnte sie nach dem Grundriss, nach dem Plan des

Schlosses fragen. Warum hatte sie mir diesen genauen Plan vorenthalten, in dem wirklich alles eingetragen war und jede Tür verzeichnet war? Aber auch diesmal ließ ich die Gelegenheit verstreichen. Ich wollte ihr erst einmal die Chance geben, ihren Plan mit Jacques durchzuführen.

Wir verabschiedeten uns mit einer kurzen Umarmung, nachdenklich stieg ich die Treppen hinauf zu meiner kleinen Dachwohnung. Dort angekommen, setzte ich mich in einen bequemen Sessel und trank einen erfischenden Orangensaft.

Zuerst führte ich ein langes Gespräch mit Ermanno, wir brauchten eine ganze Weile, uns all das zu erzählen, was uns auf dem Herzen lag.

Nach der sehnsüchtigen Verabschiedung streckte ich mich erst einmal auf der Couch aus und dachte nach. Machte ich im Moment alles richtig? Oder war ich zu phlegmatisch? Warum ließ ich Amy gewähren?

Vertraute ich ihr so sehr? Mochte ich sie so sehr?

Was war, wenn mich dieses Mal meine Menschenkenntnis in die Irre führte?

Was war, wenn Jacques und Amy heute Nacht die wertvollsten Kunstschätze die sich im Schloss befanden, heimlich stahlen und sich damit auf und davon machten?

Sicherheitshalber telefonierte ich noch einmal mit Niklas, dem ich nun wahrheitsgemäß alles berichtete. Ich bat ihn, in der Nacht gut auf das Schloss und den Park aufzupassen, soweit das in seiner Macht stand.

Am Ende berichtete ich ihm von Amys Plan, und er versprach mir für den kommenden Tag, gemeinsam mit Ben und einem Kollegen schon eine ganze Zeit lang vor 12:00 Uhr hinter den Hecken einen Beobachtungsposten aufzubauen.

„Und bring bitte etwas zum Abhören mit!" bat ich ihn. „Dann können wir diesen Jacques möglicherweise überführen."

„Gut. Auch das wird erledigt", versprach er mir.

„Ich werde inzwischen schon einmal sein Gesicht mit dem Phantombild, das Robert angefertigt hat, vergleichen. Vielleicht finden wir da doch eine Ähnlichkeit. Und ich werde noch mal versuchen, etwas mehr in das Leben dieses Kunststudenten hinein zu schauen, ob wir dann dort nicht ein paar Unregelmäßigkeiten finden."

„Prima!" lobte ich ihn. „Wir sind doch wie immer ein gutes Team."

Er lachte und wünschte mir eine gute Nacht.

Doch zu viele Gedanken schwirrten in meinem Kopf herum, immer wieder gab es verschiedene

Möglichkeiten, Zweifel und Verdachtsmomente, und ich fand nur wenig Ruhe in den Stunden bis die Sonne wieder aufging.

***

Wie fast jeden Morgen lud Adelaide die Schlossbewohner zu einem gemeinsamen Frühstück in die Schlossküche ein. Justin setzte sich neben mich an den reichlich gedeckten Tisch. Er wirkte bedrückt, als er mit matter Stimme begann: „Ich glaube, ich habe Amy an Jacques verloren. Heute Mittag lässt sie sich von diesem Casanova sogar malen."

„Richtig, sie lässt sich von ihm malen. Aber wie kommst du darauf, dass er ihr mehr bedeuten könnte?"

„Er selbst hat es mir gesagt. Er ist sich ganz sicher, dass Amy in ihn verliebt ist, und damit prahlt er schon den ganzen Morgen."

„Und ich dachte, ihr beide, du und Amy, hättet gestern einen schönen Abend gehabt, in Bernhards Konzert. War das etwa nicht so?"

„Oh, doch! Es war traumhaft mit ihr. Ich habe sie neben mir gespürt und wollte sie am liebsten in den Arm nehmen. Ich hatte das Gefühl, dass uns die Musik noch näher brachte, weil wir sie in gleicher Weise erlebten."

„Dann lass dich auch nicht von Jacques beeinflussen!" riet ich ihm. „Deine Stunde wird schon noch kommen. Und vielleicht schon eher, als du glaubst."

Er sah mich misstrauisch an. „Jetzt sprichst du wie das Orakel von Delphi. Könntest du dich vielleicht doch etwas genauer ausdrücken?"

„Lass dich überraschen! Meintest du nicht, ich sei so etwas wie deine große Schwester?"

„Ja, schon. Aber meine großen Schwestern in Frankreich wissen auch nicht alles und haben auch nicht auf alles Einfluss."

Ich lächelte. „Nein, Einfluss habe ich auch nicht auf euer Liebesleben. Aber ich bin inzwischen Amys Freundin und sehe und höre mehr, als du denkst. Du kennst dich doch in der Musik gut aus, gibt es da irgend ein Stück, das den Namen Mars trägt?"

Er sah mich irritiert an „Warum das denn?"

„Du könntest es inzwischen auf dem Klavier ein bisschen üben", empfahl ich ihm.

„Es gibt da etwas von Tschaikowski, es heißt: „Les Saisons" und ist eigentlich über den Monat März geschrieben. Das heißt Mars. Aber das wird von einem ganzen Orchester gespielt. Dann gibt es noch von Holst die Planeten, da ist dann auch der Mars dabei."

Ich überlegte. „Na ja, vielleicht können wir es heute Abend gebrauchen. Du kannst schon einmal üben."

Er schüttelte den Kopf. „Dazu habe ich im Moment leider keine Zeit. Wir müssen gleich alle zum Märchenpark, weil wir versprochen haben, dort zu helfen."

„Vielleicht kannst du dabei in Gedanken etwas komponieren!" riet ich ihm. „Etwas, das du nur für Amy schreibst. Du musst dir sowieso keine Gedanken machen, dass Jacques die süße Amerikanerin heute Mittag verführt. Ich bin nämlich auch am Delphin-Brunnen, weil ich dort etwas Wichtiges zu tun habe."

Er atmete auf. „Warum hast du mir das nicht gleich gesagt. Merci, große Schwester! Du bist ein Schatz!"

Ohne einen Bissen gegessen zu haben, stand er auf und eilte davon.

„Ja ja, man kann auch von Luft und Liebe leben“, bemerkte ich zu Adelaide, die sich neben mich setzte.

„Justin und Amy?“ fragte sie mich, und ich nickte dazu.

„Was hat es eigentlich gestern Abend in Jacques Zimmer gegeben? Konntet ihr irgendeinen Beweis finden?“

Ich reichte ihr die Schlüssel, „Möglicherweise. Aber falls Jacques etwas damit zu tun hat, will ihm Amy heute Mittag am Brunnen eine Falle stellen. Bleib also bitte mit Moro im Schloss! Niklas, sein Kollege und auch Ben wollen uns helfen.“

„Amy? Aber Amy ist doch heute Morgen schon ganz früh fort“, berichtete sie mir.

Ich riss die Augen auf. „Wohin denn? Und wo ist Jacques? Ist er auch fort?“

„Ja, aber nicht zusammen mit ihr. Er hat irgendetwas in Wittentine zu besorgen. Er fragte nämlich, ob er uns irgendetwas mitbringen könnte."

„Und wo ist Amy hin? Hat sie dir etwas gesagt?"

Adelaide sah mich erstaunt an. „Nein. Warum sollte sie auch? Die Studenten wohnen hier, gehen ein und aus und müssen nicht Bescheid sagen, wenn sie das Schloss verlassen."

„Haben sie … haben sie etwas mitgenommen? Hatten sie Koffer dabei?"

Sie sah mich an mit einem Blick, als sei ich geistig verwirrt. „Geht es dir gut, Abigail? Ich glaube, du bist etwas durcheinander."

Aufgeregt drang ich in sie. „Fehlt etwas im Schloss? Habt ihr schon irgendetwas bemerkt? Ist heute Nacht etwas gestohlen worden?"

„Als ich mit Carla und Bernhard heute Morgen den Rundgang gemacht habe, ist uns nichts aufgefallen. Moro war auch schon in seinem Atelier, aber da war alles wie sonst. Warum? Was ist denn los, Kindchen?"

„Dann sucht doch bitte noch einmal alles ab!" riet ich ihr.

„Na schön, wenn du meinst", gab sie nach. „Aber ich verstehe dich wirklich nicht. Willst du auch etwa noch einmal den Generalschlüssel haben. Das sähe dir jetzt nämlich auch noch ähnlich."

„Nein, der nutzt jetzt auch nichts mehr. Sie könnten auch zur Tarnung einfach ein paar wertlose Dinge hier gelassen haben. Selbst, wenn die Koffer noch da sind, sie würden auf großes Geld spekulieren."

Sie sah mich besorgt an, und ich erkannte, dass sie den Sinn meiner Worte nicht verstand.

„Leg dich noch ein bisschen hin!" empfahl sie mir. „Ich gehe dann auch inzwischen mit Carla noch einmal überall nachsehen, ob alles in Ordnung ist."

Während sie sich in den Seitentrakt zurückzog, wo Moro seine Schätze aufbewahrte, durchsuchte ich die Flure und die übrigen offen stehenden Räume, ob dort irgendetwas fehlte. Am Ende lief ich sogar durch den Garten, um nachzuschauen, ob dort noch alle kleineren und größeren Skulpturen an ihrem Platz standen.

Was nun? Sollte ich Niklas Bescheid geben? Gerade, als ich seine Nummer wählen wollte, erschien Adelaide auf der Terrasse. „Es ist alles da, Abigail. Du musst dir keine Sorgen machen. Niemand hat etwas mitgenommen."

„Und im Rosenturm? Und in den anderen Gebäuden. Ist da noch alles am richtigen Ort?"

„Ich werde Teresa anrufen, und den Bürgermeister, wenn es dich beruhigt. Sie sollen einmal nachschauen, ob irgendwo etwas fehlt."

Sie lockte mich in die Küche, wo sie mir eine heiße Schokolade mit sehr viel Kakao zubereitete, und ich merkte beim Genuss, wie sich meine Nerven erholten.

Ich versuchte, klar zu denken. Amy konnte jetzt inzwischen mit Jacques über alle Berge sein, und mit ihnen irgendein wertvoller Kunstgegenstand, der dann an irgendeinem Ort kopiert werden würde. Wo mochten sie sein?

Würde man sie jemals entdecken?

Würden Sie an einem anderen Ort unerkannt weiter ihre Masche anwenden?

***

Wie sollte ich weiter vorgehen?

Bevor niemand etwas als gestohlen meldete, konnte ich auch Niklas nicht den Auftrag geben, das Diebesduo zu suchen.

Kurz nach 11:00 Uhr öffnete sich die Küchentür, und ich traute meinen Augen nicht. Ich glaubte ein Gespenst zu sehen, als Amy erschien und fröhlich und unbeschwert wie immer auf mich zu eilte.

„Bist du bereit? Es kann gleich losgehen. Schau mal, ich habe ein kurzes Minikleid in einer Boutique gekauft, damit ich für Jacques auch verführerisch aussehe. Schließlich muss ich ihn ja erst einmal ein bisschen in Sicherheit wiegen."

„Aber Jacques ist doch gar nicht da", wandte ich immer noch etwas fassungslos ein.

„Ja, im Moment. Er ist noch in Wittentine. Er besorgt dort noch Acryl-Farben. Darauf habe ich nämlich bestanden. Tatsächlich konnte er nur Aquarell-Farben und Ölfarbe aufweisen. Ich habe ihn natürlich extra weggelockt, damit sich der Kommissar mit seinen Leuten unbemerkt im Garten verstecken kann."

„Du bist wirklich gut", sagte ich matt.

„Ist schon in Ordnung. Jetzt beeile dich aber, Abigail! Du musst dich auch noch hinter den Hecken verstecken. Niklas lässt dich bestimmt alles mithören, ich habe ihn auch schon eben getroffen. Sie sind schon in Action."

Willenlos ließ ich mich von Amy in den Garten führen, wo ich nach und nach die Situation wieder begriff. Amy war also nicht fortgelaufen, und Amy war vermutlich auch nicht die Komplizin von Jacques. Amy war, warum auch immer, vermutlich nur die lebende Badende Venus.

Während es sich die junge Amerikanerin am Brunnen gemütlich machte und dort in ihrem Minikleid posierte, zog ich mich zu Niklas und seinem Kollegen in die Büsche zurück.

„Ben ist drüben auf der anderen Seite", erklärte mir der Kommissar. „Wir haben hier schon alles aufgebaut und du darfst alles mit anhören." Er reichte mir einen kleinen Kopfhörer, den ich an meinem Ohr befestigte.

Danach warteten wir ab, und wie immer in solch einer Situation, begannen sich die Minuten zäh dahinzuschleichen. Endlich, noch bevor die Turmuhr zur 12. Stunde läutete, erschien Jacques, für mich unerwartet pünktlich, bis ich mir klarmachte, dass er die Zeit allein mit der jungen Amerikanerin vermutlich in jeder Minute ausnutzen wollte.

Von unserem Posten aus konnte ich sehen, dass er ihr nach seinem Eintreffen theatralisch die Hand küsste.

„Du siehst fantastisch aus!" begrüßte er sie. „Ich könnte dich den ganzen Tag ansehen und malen. Ich habe auch eine Flasche Champagner mitgebracht. Darf ich dir ein Gläschen davon einschenken?"

„Später vielleicht. Jetzt müssen wir das Sonnenlicht ausnutzen. Du kannst schon einmal anfangen!"

Er stellte die Staffelei auf und befestigte eine Leinwand. Anschließend begann er, verschiedene Farben auf das Bild aufzutragen.

Das nahm Amy zum Anlass, mit dem Verhör zu beginnen.

„Wie geht eigentlich das Geschäft mit fremden Bildern?" schleuderte sie ihm ins Gesicht.

Er sah sie misstrauisch an. „Wie meinst du das?"

„So, wie ich es sage. Ich habe an deinen Bildern entdeckt, dass du die Signaturen übermalst. Eines habe ich dir sogar geklaut, als Beweis."

„Ach, das waren nur alte Leinwände. Die habe ich einem jungen Maler für ein paar Euro abgekauft, um neue Bilder darauf zu malen. Da ist nichts Unrechtes dabei."

„Und wo hast du die Badende Venus versteckt? Ich habe mit der Gräfin von Thaisenau gesprochen. Sie hat dich wiedererkannt und Robert Gabin auch. Ich bin dir nämlich schon eine ganze Weile auf der Spur. Also gib es schon zu, ich habe alle Beweise gegen dich."

„Du kannst gar keine Beweise haben. Ich habe nichts mit der Sache zu tun."

„Oh doch, leider! Ich bin nämlich Privatdetektivin. Du kennst bestimmt den

Kunstsammler Merian Neusser, der hat mich vor ein paar Wochen engagiert. Dort hast du allerlei Spuren hinterlassen und warst nicht so vorsichtig wie hier, weil du dort keine Grundrisse hattest. Du bist von der Videokamera aufgenommen worden. Aber natürlich musste ich dich erst einmal suchen und wollte dich eigentlich auch in flagranti ertappen. Zum Glück hast du überall genügend Spuren hinterlassen. Mit der DNA ist das heute kein Problem mehr. Du kannst also gleich alles zugeben und dich von der Polizei festnehmen lassen, wenn ich sie gleich anrufe. Wenn du die Sache etwas verbessern willst, kannst du dich auch freiwillig stellen. Also, wo ist die Badende Venus?"

„Momentan in einem kleinen asiatischen Land. Ich wollte sie auch gar nicht stehlen, ich habe sie nur ausgeliehen, weil ein paar Sammler in einigen Ländern ganz wild darauf sind."

„Hast du die Skulptur auch Professor Münsterländer oder Monsieur Petit angeboten?"

„Ich bin doch nicht dumm, das sind doch alles Leute, die in Beziehung stehen mit Moro oder in seiner Nähe sind. Das wäre für mich doch viel zu riskant geworden."

„Und wie bist du überhaupt auf solch eine Idee gekommen? Du bist doch gar kein Kunststudent."

„Nein, bin ich nicht. Aber mit Kunst kann man viel Geld verdienen. Der Juwelenraub im Grünen Gewölbe von Dresden hat mich auf diese Idee gebracht. Seitdem leihe ich mir überall Kunstgegenstände aus, lasse sie kopieren und verkaufe sie an sehr reiche Sammler."

„Keine gute Geschäftsidee", fand sie. „Und, kommst jetzt freiwillig mit?"

„Auf keinen Fall. Und du wirst auch niemandem etwas erzählen! Ich lasse mir von dir nicht das Geschäft verderben. Niemals!"

Sein Gesicht versteinerte sich, er sprang auf Amy los, packte sie und versuchte, sie mit dem Oberkörper in den Brunnen zu drücken.

In diesem Augenblick eilten der Kommissar, sein Kollege und Ben aus ihren Verstecken, rannten die wenigen Schritte zum Brunnen und überwältigten den brutalen Dieb.

Amy schüttelte das Wasser ab. „Und nun kommt noch ein Mordversuch hinzu", wandte sich die junge Amerikanerin an Jacques, der in seinen Handschellen zappelte.

Die drei Beamten führten den Kriminellen ab, und ich eilte zu Amy. „Da hast du mir aber ganz schön etwas verheimlicht", beschwerte ich mich, während ich ihr meine Jacke um die nassen Schultern legte. „Du bist also eine Privatdetektivin. Da muss ich mich über gar nichts mehr wundern."

Sie lachte. „Ich bin sozusagen eine Kollegin von dir. Jetzt können wir eigentlich den Champagner öffnen."

„Lass ihn lieber für später zu! Vielleicht hast du nachher noch etwas zu feiern. Aber jetzt musst du mir auch noch verraten, warum du hier die Badende Venus gespielt hast. Dort tappe ich immer noch im Dunkeln."

Sie drohte mir lächelnd mit dem Finger. „Der Generalschlüssel! Du hast natürlich auch in meinen Klamotten geschnüffelt, und wahrscheinlich hast du auch die Karte mit dem Grundriss gefunden."

Ich nickte. „Und warum das alles?"

„Tatsächlich war ich auch kurz nach Jacques in Frankreich gewesen, weil ich wissen wollte, ob er hier alle Geheimgänge und Türen vom Schloss kennt. Glücklicherweise hatte er nur eine falsche Karte erwischt, und ich fand gleich bei meinem ersten Besuch den ausführlichen Grundriss mit allen Geheimtüren und Verstecken, auch vom Rosenturm. Anschließend war ich bei Robert, weil ich wissen wollte, ob er das Angebot von Jacques angenommen hatte.

Und wenn du dich über die Veränderung der Gesichter wunderst, da kann ich dich auch aufklären, wir benutzten beide eine sehr zähe Schminkcreme, eine Camouflage, die man wirklich Zentimeter dick auftragen kann, sie ist fast wie Knetmasse. Als ich sie in seinem

Zimmer sah, hat er mich damit auf die Idee gebracht, mich ebenfalls damit zu verändern.

Bei meinem nächtlichen Besuch an Delphin-Brunnen bin ich übrigens zu einer der für euch bis dahin noch unbekannten Geheimtüren hinaus und wieder hereingekommen."

„Ja, aber was wolltest du denn damit bezwecken? Warum hast du die Badende Venus gespielt?"

„Ich hatte mehrere Gründe dafür. Einmal wollte ich Jacques provozieren, damit er weiß, es ist jemand hinter ihm her. Aber das hat er gar nicht verstanden, und gar nicht darauf reagiert. Leider! Es hätte uns Umwege erspart. Zum anderen wollte ich euch alle hier im Schloss auch ein bisschen wachrütteln, damit ihr die Sache mit den Diebstählen hier sehr ernst nehmt. Ich fand es schon ganz schön gruselig, mit einem Verdächtigen hier gemeinsam im Schloss zu leben. Aber noch hatte ich ja nichts gegen ihn in der Hand."

„Ich denke, ihr habt diese Videoaufnahmen und die Spuren, die er bei diesem Merian Neusser hinterlassen hat."

„Das war nur Bluff, liebe Abigail! Auf den Videofilmen ist überhaupt nichts genau zu erkennen. Jacques hatte sich sehr gut verkleidet, und er hatte auch Handschuhe an. Ich hatte nichts in der Hand."

Ich staunte. „Aber dafür jetzt endlich!"

„Ja, zum Glück ist er in die Falle getappt. Ja, übrigens, hier in St. Augustine ist er auch nicht gefilmt worden. Über die Geheimtür im Rosenturm war er natürlich durch den Grundriss informiert, da konnte er ungehindert hinein spazieren. Aber hier im Schloss hatte er dann sicherlich noch vor, einiges zu entwenden."

„Du bist echt gut", sagte ich anerkennend. „Wir könnten ein Team werden. Aber vermutlich hast du irgendwo ein zweites Leben, in Amerika oder so."

Amy lächelte mich an. „Ich bin gar nicht aus Amerika, und die letzten Jahre habe ich in Paris gelebt. Ich hoffe, das macht dir nichts aus, oder?"

Ich nahm sie in den Arm. „Nicht im geringsten. Hast du denn dort noch ein anderes Leben?"

„Eine kleine Bude habe ich dort, wesentlich kleiner als eure Dachwohnung. Aber hier im Schloss habt ihr doch sicher noch ein Zimmer frei."

„Du hast doch schon eines, Amy. Oder bist du vielleicht doch keine Kunststudentin?"

„Doch, ich studiere schon, Kunst und Kunstgeschichte und Malerei ein bisschen. Sonst könnte ich in diesen Fällen auch gar nicht ermitteln. Um in diesem Bereich zu ermitteln, muss ich Ahnung haben. Und den Kurs bei Teresa will ich natürlich auch belegen."

„Aha, sie wird sich freuen. Ihr passt zueinander. Und Justin? Was ist mit ihm?"

Adelaide erschien bei uns und brachte uns eine große Kanne, gefüllt mit duftendem Tee.

„Niklas hat uns schon Bescheid gesagt und uns Entwarnung gegeben", begrüßte sie uns. „Wer hätte das gedacht, dass dieser Jacques ein Krimineller ist!"

„Man sieht es eben den meisten nicht an", antwortete ihr Amy und zwinkerte mir zu.

***

Als die Kunststudenten am Abend von ihren Reinigungsarbeiten im Märchenpark zurückkamen, waren sie erschöpft, verschwitzt und auch nicht mehr ganz sauber.

Bernhard teilte ihnen bei ihrer Ankunft mit, dass der Kunstdieb entlarvt und festgenommen war, aber um die Nerven aller an diesem Abend zu schonen, verschwieg er, dass es sich bei Jacques um den Täter handelte. Er begnügte sich damit, den Anwesenden mitzuteilen, dass ihr Kommilitone am heutigen Abend von seinem Ausflug nicht mehr nach Sankt Augustine zurückkommen werde.

Ich ahnte, dass sich die müden Studenten aufgrund ihrer Erschöpfung gar nicht mehr für Details interessierten, sondern sich nach einer Dusche und Entspannung sehnten.

Eilig wandte ich mich an Justin.

„Mach dich ein bisschen schön, kleiner Bruder! Du hast noch etwas vor heute."

Er stöhnte. „Ich bin nur froh, dass ich mich heute Abend nicht mit Jacques duellieren muss. Nachdem du mir gesagt hast, dass ich mich mit dem Mars beschäftigen muss, hatte ich schon befürchtet, ich müsste den Kriegsgott höchstpersönlich spielen."

Ich lachte. „So ein paar marsische Eigenschaften können dir trotzdem heute Abend nicht schaden. Ist dir schon eine Melodie eingefallen?"

Er schüttelte bedauernd den Kopf. „Die Märchenfiguren haben mich abgelenkt, und am Schwanenteich fielen mir all die anderen Sachen ein, die viele Komponisten schon über Schwäne geschrieben haben. Ich habe also Amy gar nichts zu bieten."

„Dann stärke dich erst einmal mit den anderen beim Abendessen! Hinterher habe ich eine Überraschung für dich."

Adelaide und Moro hatten die fleißigen Kunststudenten zu Pizza auf die Schlossterrasse eingeladen, wo sie sich nach dem Duschen und einer Erholungspause gegen 20:00 Uhr einfanden. Rossini servierte dazu wieder einmal einen seiner besten Weine, extra zur Feier des Tages, nachdem ihm Niklas mitgeteilt hatte, dass er seine Badende Venus vermutlich in absehbarer Zeit unversehrt wieder in Empfang nehmen könne.

Während die Tischgäste noch das Tiramisu löffelten, machte ich Justin ein Zeichen, sich mit mir heimlich davonzuschleichen.

„Was hast du mit mir vor? Soll ich etwa hier draußen bei Mondschein komponieren?"

„Wir haben heute gar keinen Mondschein, die Wolken sind viel zu dicht", stellte ich fest. „Lass dich überraschen! Vielleicht finden wir eine besondere Blüte, die nur heute zu sehen ist."

„Vorhin hatte ich gedacht, deine Überraschung hätte vielleicht etwas mit Amy zu tun. Aber jetzt erwarte ich nichts Besonderes mehr, denn Adelaide hat mir gesagt, dass meine große Liebe heute nach Wittentine gefahren ist, wahrscheinlich nach dem Treffen mit Jacques. Dann sind die beiden bestimmt gemeinsam dort, im Kino oder im Theater oder wer weiß wo", meinte er düster.

„Wenn du weiter hier so herumunkst, fängt es noch gleich an zu regnen", teilte ich ihm meine Befürchtung mit. „Gut, dass du jetzt nichts für Amy komponierst, sonst wäre es bestimmt irgendetwas in Moll, etwas herzzerreißend Trauriges."

„Ich werde nie wieder etwas komponieren", meinte er betrübt.

Ich führte ihn zum Delphin-Brunnen, neben dem eine Laterne schimmerte und die mir schon bekannte, rötlichblonde Venus den Brunnenrand schmückte.

„Schau mal lieber, was für ein Wunder dich dort erwartet!" empfahl ich ihm.

Erstaunt betrachtete Justin die junge Frau, die heute nur ihre Perücke über dem schwarzen Haar trug, das Gesicht jedoch ohne jede Camouflage in seiner ganz natürlichen zarten Schönheit zeigte.

Der durchsichtige Schleier verbarg nur unzureichend ihre zauberhafte, weibliche Figur. Die seidige Haut schimmerte durch das zarte Gewebe.

Er erkannte Amy sofort. „Du? Was machst du denn hier?"

Sie lächelte ihn an. „Ich bin die Venus, und wenn du der Mars bist, darfst du bleiben, denn die beiden waren schon in der Antike ein Liebespaar."

Plötzlich war alle Begriffsstutzigkeit von ihm gewichen. Seine Augen strahlten, mit spontan erwachtem Temperament riss er sie in seine Arme und küsste sie.

Ich entfernte mich eilig, um das ewige und immer wieder neue Spiel der Leidenschaft und Liebe nicht zu stören und spazierte zufrieden an den Jasminbüschen vorbei, die mich mit ihrem intensiven Duft daran erinnerten, dass es in meinem Leben gerade ebenfalls Frühlings war, obwohl sich Ermanno so unendlich viele Kilometer von mir entfernt befand.

Sehnsüchtig wählte ich seine Telefonnummer.

Es dauerte eine ganze Weile, bis er sich meldete.

„Es tut mir leid, Amore, dass ich deinen Anruf nicht sofort bemerkt habe. Die Studenten haben gerade hier so laut gesungen, dass mir das Läuten des Telefons entgangen war. Denk dir nur, wir waren heute in Mühlwald, wo wir beide uns kennengelernt haben. Und wir sind bis hoch hinauf gewandert, weit in die Bergwelt. Wir waren auch dort, wo wir beide den Wanderfalken gesehen haben. Aber heute hat er sich verständlicherweise nicht blicken lassen. Damit wartet er bestimmt, bis wir ihn wieder gemeinsam besuchen.

Trotzdem habe ich dir zum Andenken an diese Wanderung ein Foto von einer besonderen Blume gemacht. Ich musste zwar ein bisschen klettern, aber ich finde, es hat sich gelohnt. Du wirst es bestimmt nicht erraten, denn jeder denkt dann gleich an ein Edelweiß. Glaub mir, sie ist viel schöner, und hat mich sofort an dich, an uns erinnert. Soll ich dir verraten, wie die zauberhafte Blume heißt? Nicht Edelweiß und nicht Alpenrose, es ist keine Akelei und kein Frauenmantel..."

„...Ich denke, ich kann es erraten", unterbrach ich ihn. „Sie hat tiefblaue Glocken, die im Wind leise läuten. Es ist der Enzian und symbolisiert eine Liebe ohne Ende."

ENDE